영이의 고독

영이의 고독

초판 1쇄 인쇄 2025년 7월 14일
초판 1쇄 발행 2025년 7월 21일

지은이 양선미
펴낸이 정해종

펴낸곳	㈜파람북
출판등록	2018년 4월 30일 제2018-000126호
주소	경기도 파주시 회동길 480 아트팩토리엔제이에프 B동 222호
전자우편	info@parambook.co.kr
인스타그램	@param.book
네이버 포스트	m.post.naver.com/parambook
대표전화	031-935-4049

ISBN 979-11-7274-056-6 03810
책값은 뒤표지에 있습니다.

이 책은 저작물 저작권법에 따라 보호받는 저작물이므로 무단 전재와 복제를 금하며,
이 책 내용의 전부 또는 일부를 이용하시려면
반드시 저작권자와 ㈜파람북의 서면 동의를 받아야 합니다.

* 이 책은 「2024 경기예술생애첫지원(문학)」 사업에 선정되어 경기도와 경기문화재단의 지원을 받아 발간되었습니다.

영이의 고독

양선미 장편소설

파람북

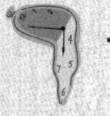 차 례

작가의 말　007

1부
사격부원의 시간　011

2부
급사의 시간　073

3부
경리의 시간　129

4부
요양사의 시간　209

작가의 말

마지막 문장을 완성한 뒤 '끝.'이라고 쓰자 마음이 편해졌다. 이런저런 핑계로 오랫동안 미뤄왔던 숙제를 끝낸 기분이 든 탓이었다. 좀처럼 자라지 못한 채 단단한 껍질 속에 숨어 있던 소심하고 겁 많은 소녀를 비로소 떠나보낸 듯했다.

밀란 쿤데라는 말했다. 소설가는 자신의 생애라는 집을 헐어 그 벽돌로 소설이라는 집을 짓는 사람이라고. 동의하는 말이기도 동의할 수 없는 말이기도 하다. 하고 싶은 말이 많아서 소설을 쓰기 시작했지만 막상 소설가가 되자 설명할 수 없는 무언가가 하고 싶은 이야기가 소설이 되는 것을 방해했고 꺼내서 보여주고 싶었던 많은 이야기들이 깊숙한 곳으로 숨는 것을 속절없이 바라만 보았다. 결국 게으른 작가가 되었지만 게으름뱅이들이 다 그렇듯 마음이 편한 건 아니어서 나는 해야 할 일을 하지 못하고 있다는 자책에 늘 시달려야 했다. 그런 점에서 나는 세월의 더께 속에 파묻혀도 포기하지 않고 세상에 나올 날을 기다려 준 영이가 고맙다.

소설의 주인공인 영이는 까닭 없이 주눅 들어 있던 중학교 일 학년 때의 나와 많이 닮아있다. 단지 키가 크다는 이유로 사격부로 차출된 뒤 무수한 폭언과 폭력에 속수무책으로 노출되었지만 열세 살밖에 되지 않는 여자아이가 유일하게 할 수 있는 일은 두려움을 감추고 묵묵히 견디는 것뿐이었다. 그러나 고작 일 년에 불과했던 그 경험은 그 뒤로도 오랫동안 나의 말과 행동에 영향을 끼쳤다. 늘 써야겠다고 생각하면서도 오랫동안 쓰지 못한 건 그래서인지 모른다. 그런 망설임을 헤치고 조심스럽게 세상에 나온 영이의 이야기에 많은 분들이 모쪼록 귀를 기울이고 공감해줬으면 좋겠다.

제일 먼저 귀를 기울이고 기꺼이 출간을 맡아주신 정해종 대표님, 꼼꼼하게 편집을 진행해 작은 실수들을 미연에 방지해주신 현종희 님께 감사드린다. 바쁘신 와중에도 기꺼이 아름다운 시절을 그려주신 김선두 선생님도 감사하다. 예민하고 약하기까지 한 아내를 위해 틈틈이 요리 블로그를 검색하는 남편에게도, 형사처럼 친구처럼 살뜰히, 때론 무섭게 어미를 살피는 아들과 딸, 다정한 벗들에게도 고마움을 전한다.

2025. 7. 백운봉 끝자락에서
양선미

1부

사격부원의 시간

1.

영이는 겁쟁이였다. 지구력과 끈기가 없었고 철봉 오래 매달리기는 3초를 넘기지 못했다. 키가 컸지만 달리기에서 으레 꼴찌를 차지했다. 화약총 때문이었다. 교사가 하늘 높이 화약총을 들어 올리면 그 순간부터 숨이 차올랐다. 다른 아이들이 호흡을 가다듬으며 달려야 할 방향을 가늠할 때 영이는 교사의 손가락에 모든 신경을 집중했다. 당장 두 귀를 틀어막고 싶었지만 출발 자세를 유지하라는 명령을 거부할 수 없던 탓에 불안한 심정으로 화약이 터지기를 기다리다 결국엔 출발 시기를 놓쳤다.

영이는 온순했다. 영이에게는 누군가의 부탁이나 명령을 거슬러본 기억이 없었다. 순한 기질로 태어난 것인지, 세상의 사물을 분간하고, 배고픔을 알게 되고, 자신의 출생에 개입한 것이 사랑이나 믿음이 아닌 어리석음과 경솔함이었다는 사실을 알게 된 뒤부터였는지는 확실하지 않았다.

중학교에 입학한 3월에 사격부원이 된 것은 그래서 어쩌면 당연한 일이었다. 체육 교사는 눈이 가늘고 턱이 뾰족했다. 윗입술 오른쪽에 난 뻐드렁니를 감추기 위해서 입술을 꽉 다무는 습관이 있었다. 그가 입술을 잘근잘근 씹으며 초록색 테이프를 두른 회초리로 나무를 툭툭 치면 아이들은 표적이 되지 않기 위해 목을 움츠렸다. 그날도 그랬다. 테니스장을 만들기 위해, 강제노역이나 다름없이 돌을 나르다 잠시 휴식을 취할 때였다. 돌연 그가 무언가를 찾는 표정으로 아이들 사이를 찬찬히 걷기 시작했다. 탁탁, 맞은편 손바닥을 치는 회초리 소리에 주눅 든 아이들이 고개를 숙였고 영이도 공연히 땅바닥에 금을 그었다. 그때 교사의 회초리가 영이의 코끝에 닿았다. 영이는 깜짝 놀라 자리에서 튀어올랐다.

너 맞지?

….

수업 끝난 뒤에 사격장으로 오도록.

할 말을 끝낸 교사가 뒤돌아서 호루라기를 불었다. 아이들이 엉덩이를 털며 일어나자 일시에 마른 먼지가 피어올랐다. 먼지구름 사이로 발을 구르는 깨순이의 모습이 보였다. 영이는 교사에게 자초지종을 말해야 한다고 생각했다. 사격장에 간 건 깨순이의 호기심 때문이었고, 자신은 운동선수가 되는 상상을 한 번도 해본 적이 없고, 무엇보다 화약을 무서워한다고. 저보다는 지금 맥빠진 몸짓으로 먼지를 털고 있는 저 아이가 훨씬 용감하고 다부지다고. 해야 했지만 영이는 그렇게 하지 못했다. 먼지 해일에 몸을 맡긴 채 눈물과 재채기만 쏟아냈을 뿐이었다.

그날 영이는 깨순이와 같이 교문을 나서지 못했다. 깨순이가 맘이 상했다는 것을 알았기 때문에 까닭 없이 미안한 마음으로 무언가 언짢은 일이 있을 때면 그랬듯 그 아이가 다른 아이들과 함께 과장되게 떠들며 멀어져가는 모습을 지켜보았다.

영이는 무겁고 불안한 마음으로 사격장을 향해 걸었다. 깨순이의 뒷모습이 자꾸 마음에 남았고 무엇보다 자신을 믿을 수 없었다. 선생님 저는 사격부를 하고 싶지…. 선생님 너무 죄송한데요. 사실 저는 사격부를…. 연신 연습을 했지만 제대로 얘기를 할 수 있을지 자신이 생기지 않았다. 영이는 아카시아 잎을 따서 신중히 행운을 점쳤다. 말한다. 못한다. 말한다. 못한다. 말한다. 못한다. 말한다. 세 잎이 남았을 때 영이는 걸음을 멈추었다.

연두색 펜스로 촘촘하게 둘러싸인 사격장은 폐자재를 쌓아두는 창고나 가축을 기르는 우리라고 하는 게 더 적합할 듯했다. 공간이 노출된 탓에 안의 풍경이 고스란히 밖에까지 드러났다. 전날 깨순이와 펜스에 매달려 구경을 하게 된 것도 그래서였다. 사격복을 입은 상급생들이 사수대에 일렬로 서서 총을 쏘는 모습은 영이가 보기에도 멋지고 경이로웠다. 총구를 빠져나간 납탄이 과녁에 부딪히는 챙챙 소리가 허공으로 맑게 퍼지는 듯했다. 그렇긴 했지만, 멋있지 않느냐는 깨순이의 말에 동조했고 실제로 멋있다고도 생각했고 깨순이를 따라 사격장에 발을 딛기도 했지만 자신이 직접 하는 것과는 별개의 문제였다.

영이는 깊은 한숨을 내쉰 뒤 아카시아 잎을 버렸다.

2.

신입 부원 다섯 명은 모두 키가 컸다. 영이는 교사가 자신을 지목한 이유를 알 것 같았다. 하지만 그 판단은 그전에는 적절했을지 모르지만 적어도 이번에는 정밀하지 못했다. 성과를 낼 만한 사격부원을 찾고 싶었다면 그는 담대함을 고려했어야 했고 그런 면에서는 돌발상황에 쉽게 흔들리지 않는 담대함을 장착한 깨순이에게 관심을 기울여야 했다. 비록 키가 작고 시력은 좋지 않지만 으르렁대는 똥개에게 절대 등을 보이지 않고, 학교 부근에 출몰하는 바바리맨에게 돌을 던지는 깨순이가 사격선수로 훨씬 더 적합하다는 사실을 눈치챘어야 했다. 그랬다면 터지는 게 두려워 풍선도 불지 못하는 영이를 사격부원으로 지목하는 오류는 범하지 않았을 터였다.

영이는 교사가 한 번쯤 자신의 의견을 물어보리라 기대했지만 그런 일은 일어나지 않았다. 우물쭈물하는 사이 일주일이 지났고 보름이 지났다. 수업을 마친 뒤 서둘러 사격장으로 나가 청소를 하고 양은 주전자 가득 물을 채워 나르고, 여기저기 흩어져 있는 표적지를 정리하는 일이 영이의 자연스러운 일상이 되었다. 받침대에 소복이 쌓인 납탄을 모아 마대 자루에 붓고 모든 일이 끝난 뒤 한쪽에서 서서 빈 총으로 자세 연습을 하는 일도 마찬가지였다.

시간은 손가락의 마른 모래처럼 숨 가쁘게 빠져나갔다. 깨순이와 더 이상 시간을 공유할 수도 없게 되었다. 문방구에 들러 곤계란을 먹는 일도, 연탄 냄새를 맡으며 설탕과 소다를 부풀려 만든 달고나를 떼는 일도 중단되었다.

당연한 일이었다. 지나치게 가변적이고 충동적이고, 불안증세에 시달리는, 이제 막 사춘기에 접어든 아이들에게 필요한 건 모든 걸 함께 할 수 있는 샴쌍둥이 같은 존재였다. 탐색은 4월이 되기 전에 끝내야 했다. 그런 면에서 다부지고 쾌활하고 고집이 강한 편이고 하고 싶은 것은 꼭 해야 하는 깨순이와 자기 의견을 내세우지 않고 무슨 말에든 잘 따라주고 어지간한 일에는 화도 내지 않는 영이는 여전히 잘 어울릴 수 있는 짝이 될 수 있었다. 무엇보다도 영이와 깨순이는 같은 국민학교 동창이었고, 산동네 이웃이었고 서로의 아픔을 보듬어주던 사이였다. 하지만 예상치 못한 일에 둘의 우정은 비껴갔다.

깨순이는 상황에 빨리 적응했다. 새로운 대상을 물색했고 금세 가까워졌다. 영이와 함께했으나 더 이상 하지 않는 것들을 새로운 아이로 대체했다. 그러는 사이 영이는 언제부터인가 깨순이의 근황을 당사자가 아닌 새로운 아이를 통해 알게 되었다.

이런 일도 있었다. 상급생들이 시 단위 경기에 나간 어느 날 영이는 오랜만에 사격장에 가지 않았다. 지루한 종례가 끝난 뒤 방과 후의 계획에 대해 수선스럽게 떠드는 아이들 틈에서 영이는 서둘러 가방을 정리했다. 깨순이와 모처럼 어묵을 먹으며 그간 하지 못했던 이야기를 나누고 싶어서였다. 그때 먼저 가방을 싼 깨순이가 새 친구와 교실을 나서는 게 보였다. 영이는 서둘러 깨순이를 불렀다.

깨순아 나도 같이 가.

응? 왜? 너 사격장 안 가?

거북스러움이 담긴, 어쩐지 말을 꺼내기가 조심스러운 건조한 깨순이의 표정을 보는 순간 영이는 단순히 상황을 묻는 질문이 아니라는 사실을 깨달았다.

영이 너도 같이 가면 좋은데. 우리 오늘 시내에 생긴 백화점에 에스컬레이터 타보러 가기로 했거든. 깨순아 빨리 가자.

새 친구가 깨순이의 팔짱을 끼며 말했다.

영이야 우리 먼저 갈게.

영이는 알겠다고 고개를 끄덕였다. 잘 다녀오라고 손을 흔들었다. 그리고 다음 날 백화점에서 샀을 법한 이티 인형이 서로의 책상 위에 놓인 것을 보고 자신이 그 세계에서 완전히 밀려났다는 것을 확인했다. 이후 함께하는 것들이 빠르게 줄어들었다. 점심시간에는 더 이상 도시락을 같이 먹지 않게 되었다. 볼펜이나 지우개를 공유하지 않았고 화장실을 갈 때도 따로 움직였으며, 종국에는 어쩌다 눈이 마주쳤을 때도 무표정한 얼굴로 서로를 지나치게 되었다.

시간은 서두르지 않았고, 단정한 보폭으로 뚜벅뚜벅 걸었다. 꽃샘추위가 물러났고 먼지를 머금은 꽃가루가 떠다녔고 이윽고 꽃이 피었다. 시침에 맞추어 낮도 길어졌을 즈음 영이는 쉬는 시간에 혼자 있는 게 익숙해졌다.

3.

톱니가 천천히 맞물려 돌아가는 듯한 사격장의 일상은 한 치의 오차도 없이 흘렀고 조금씩 변화해나갔다. 영이를 비롯한 신입생들은 수업이 끝난 뒤 사격장으로 갔다. 5명이 모두 모이면 줄을 맞추어 운동장을 다섯 바퀴 돌았고 자대 한쪽에서 오랫동안 스트레칭을 했다. 다리 근육을 풀고 발목과 어깨, 손목과 목을 완전히 이완시킨 뒤에는 팔 힘을 기르기 위해 아령을 들거나 팔굽혀펴기를 했다. 그럴 즈음 오전 수업을 마친 뒤 미리 왔던 상급생들의 훈련이 끝났다. 이때가 신입생들이 가장 좋아하는 시간이었는데, 잠깐이나마 총기를 만져볼 기회가 생기기 때문이었다.

신입생들은 공손하게 손을 모은 채 상급생들의 설명을 들었다. 총기를 드는 바른 자세, 가늠자와 가늠쇠를 맞추는 법, 호흡을 유지하고 방아쇠를 당겨야 하는 최적의 순간에 대해 들으면서 총구를 빠져나간 납탄이 표적지 중앙을 뚫는 장면을 상상했다. 설명을 다 들은 뒤 총을 들고 실제로 자세를 잡아볼 때는 당장 국가대표라도 될 굳은 각오로 표적지를 노려보며 하루라도 빨리 실제로 방아쇠를 당길 날이 오기를 기다렸다.

영이 역시 기초체력을 기르고 스트레칭을 하고 팔굽혀펴기를 하는 일련의 과정을 따랐다. 즐거운 일은 아니었으나 깨순이 없이 방과 후의 시간을 보내야 하는 방법을 알지 못했기에 영이는 누구보다 오래 사격장에 머물렀다. 무엇보다 영이는 주어진 일에 거부하는 법을 모르는 온순한 아이였다. 자신이 좋은 기록을 내는 훌륭한 선수로 성장할 수 있을까에 대한 의구심을 여전히 가지고 있었지만 그러다 어느 순간에는 어딘가에 소속된다는 것, 특히 학교를 대표한다는 것은 의외로 멋진 일이며, 자세를 유지하고 호흡을 멈추고 검지로 방아쇠를 당기는 과정이 생각보다 간단할지도 모른다는 낙관적인 생각마저 하게 되었다.

그런 생각이 처음에는 맞는 듯했다. 5월 즈음에 일정에 변화가 생겼다. 어느 날 오전 수업만 마친 뒤 사격장에 나오라는 공지가 하달되었다. 4교시가 끝난 뒤 아이들의 부러움을 뒤로 하고 사격장에 간 신입생들은 운동복과 신발을 지급받았다. 산뜻한 디자인으로 제작된 트레이닝복과 날렵한 나이키 로고가 부착된 감색 운동화는 신입생들이 그때까지 임시로 입었던, 죄수복을 연상케 하는 체육복과는 비교도 되지 않을 만큼 세련된 것이었다. 신입생들은 가벼운 흥분을 느꼈고 영이도 마찬가지였다. 몸에 딱 맞는 멋진 트레이닝복이 사격부원으로서의 정체성을 확인해주는 듯했고 무엇보다 학칙으로 규정된 수업에 빠지는 게 이전에는 경험해보지 못했던 특권적 위치를 말해주는 듯했다.

그날 트레이닝복으로 환복한 신입생들은 오랫동안 교사의 훈화를 들었다. 교사에 의하면 매해 5월 소년체전이 끝남과 동시에 다음 해를 위한 신입생들의 훈련이 본격적으로 시작되었다. 시합은 단체전과 개인전으로 구분되었고 5인 1조로 구성되는 단체전에는 특별한 일이 없는 한은 2학년이 한 조로 나가는 게 통상적이었다. 다섯 명이 다 같이 기록을 낸 뒤 그중 네 명의 기록을 합산하는 것이 원칙이라고 했다. 자신의 기록이 승부에 영향을 미치는 성취감을 맛보기 위해서는 앞으로는 오전 수업이 끝나자마자 사격장으로 달려와 피를 토하는 심정으로 훈련에 임해야 한다고 말하는 교사의 표정은 진지하다 못해 엄숙했고. 신입생들은 구국의 임무를 부여받은 독립투사의 심정으로 비장하게 고개를 끄덕였다.

  단 한 사람, 영이는 예외였다. 영이가 느끼기에 교사의 훈시는 멀미를 일으킬 만큼 너무나 무거운 것이었다. 교사가 피를 토하는 심정으로 훈련을 해야 한다고 말하는 순간, 뼈드렁니를 발견한 영이는 엉뚱하게도 그의 날카로운 이가 자기 살을 파고드는 듯한 느낌을 받았다. 동시에 가벼운 구토감마저 일어 몇 번이나 호흡을 가다듬어야 했다.

  오전 수업만 받게 된 신입생들은 여러 면에서 달라졌다. 비가시적인 무언가가 세포 속에 스며 몸과 마음의 부피를 키운 듯했다. 신입생들은 목소리가 조금 커졌고 걸음을 내딛는 발의 각도가 미세하게 벌어졌다. 수업시간에 조는 일이 잦아졌고 마침내는 책상에 엎드려 자기도 했다. 점차 과제도 내지 않았지만 담당 교사가 지적을 하는 일은 없었다. 교사들은 필요 이상으로 운동부에게 관대하거나 관심이 없었다.

  영이는 그런 상황이 반갑지 않았다. 영이는 눈에 띄게 뛰어나지 않았지만 특별히 부족한 아이도 아니었다. 공식적으로 수업에 빠져야 하는 상황이 당황스러웠던 건 그래서였다. 영이는 무엇보다 4교시가 끝난 뒤 반 아이들과 옹기종기 모여 볶은 김치나 멸치조림, 운이 좋으면 소시지 부침을 먹는 즐거움을 더 이상 누리지 못하게 된 게 아쉬웠다. 막 시작된 사춘기로 인해 겪게 되는 혼란스러움, 예컨대 부모님과의 갈등이나 순서를 다투며 시작되는 생리, 봉긋해지는 가슴 등에 대해 재잘대며 이야기를 나누지 못하게 된 것도 마찬가지였다. 수업시간이 줄어든 건 기꺼웠지만 더불어 국어 시간에도 참석을 못 하게 된 건 우울했다.

영이는 최소한 국어시간만에라도 성실하리라 마음먹었다. 그건 마지막 자존심이었다. 담임은 성적을 기준으로 학생들을 판단하는 경향이 있었다. 특히 자신이 맡은 국어에 특히 그러했는데 그 때문에 중간고사가 끝난 뒤 영이는 가끔 담임의 과도한 관심을 받았다. 전반적으로 중학교 입학 때보다 성적이 많이 떨어졌으나, 국어만큼은 겨우 유지할 수 있었다. 시험을 치르는 사흘 동안 영이는 고된 훈련의 여파로 시험에 집중하지 못했다. 쉬는 시간에 해당 시험과목의 가채점을 해본 뒤 상상할 수 없었던 점수들 때문에 자괴감을 느꼈다. 마지막 시험까지 망칠 수 없다는 생각이 들었고 다행히 과목도 국어와 음악, 미술이었다. 국어는 가장 좋아하는 과목이었고 음악과 미술은 별로 외울 게 없었기에 영이는 그날 밤을 꼬박 새웠다.

다른 과목에 비해 월등히 높은 국어점수를 담임은 자신에 대한 존경과 자신의 탁월한 교수 방법의 결과로 받아들였다. 누구든 말만 잘 듣는다면 좋은 점수를 받을 수 있다고 큰소리를 치며 그 증거로 영이를 추켜세웠다. 과한 칭찬이 영이는 부담스러우면서도 내심 좋았다. 그래서 수업 시간에 더욱 집중했고 과제도 절대 잊지 않았다.

5월 초 오전 수업을 허락받기 위해 교무실을 찾았을 때 담임이 의아한 얼굴로 영이를 바라본 건 그래서였다. 영이가 사격부원이라는 사실을 처음 알게 된 담임은 운동부는 공부가 안 되는 애들이나 하는 건데, 왜 그런 걸 하느냐고 물었다. 뭐라고 대답을 해야 할지 몰라 머뭇거리자 꼭 해야 하는 특별한 이유가 있느냐고 물었다. 영이는 아니라고, 사실은 별로 하고 싶지 않다고 말하는 대신, 고개를 숙였다. 그 몸짓을 담임은 반대로 해석했다. 사격보다는 공부가 훨씬 나을 것 같은데, 라고 고개를 갸웃거렸다. 그 순간 어쩌면 담임이 도와줄지도 모른다는 생각이 들었다. 체육 교사에게 한마디쯤 하는 일은 그다지 어려운 일이 아닐지도 모르는 것이다. 실제로 며칠 뒤 담임이 복도에서 체육 교사와 이야기를 나누며 담배를 피우는 모습을 본 뒤 내심 호출을 기다리기도 했지만 그런 일은 일어나지 않았다.

4.

훈련시간이 늘어났고 그간 감추어져 있던 신입생들의 기량도 드러나기 시작했다. 기초체력 증진은 그대로였지만 자세를 잡고 격발연습을 하는 시간이 길어졌다. 동시에, 소년체전에서 단체전 은메달과 다수의 개인 메달을 성공리에 획득하여 사격 명문의 계보를 잇는 데 성공한, 그리하여 자만심과 자부심으로 한껏 고양된 상급생들의 권위의식도 높아졌다. 권위의식은 엄격함과 긴장으로 표출되었다. 상급생들은 흐트러진 자세를 용납하지 않았다. 한쪽 팔을 지지하기 위한 골반이 너무 튀어나오는 것, 가늠자와 가늠쇠를 맞추는 시간이 오래 걸리는 것, 총신에 기댄 볼이 과도하게 눌리는 것, 안정된 호흡을 유지되는 시간을 초과하도록 격발 타이밍을 잡지 못하는 것 등 문제점들은 차고 넘쳤고 지적이 늘어날수록 신입생들의 자세는 더 형편없어졌다.

그렇긴 했지만 주어진 상황에 크게 휘둘리지 않아 주변

사람들의 질시나 찬사, 호기심이나 기대의 대상이 되는 사람은 어디에나 있기 마련이었다. 말하자면 현경이 그런 아이였다. 처음 사격장에 모이던 날 잔뜩 주눅 든 채 주위를 살피던, 교칙에 따라 귀밑으로 바싹 자른 머리 때문에 촌스러움이 그대로 드러나던 신입생들 사이에서 유독 돋보이던 아이. 몸에 비해 지나치게 크고 질 낮은 교복을 걸친 대다수와 달리 양장점에서 맞춘 고급 모직 교복을 입은, 피부까지 하얘서 만화 베르사이유의 장미에 나오는 주인공을 연상시켰던 현경은 훈련이 본격적으로 시작되자마자 존재감을 드러냈다.

현경은 상급생들 못지않은 안정된 자세로 총기를 들었고 가늠쇠 사이로 표적지가 완벽하게 들어차는 순간 망설임 없이 방아쇠를 당겼다. 격발 시간이 짧으니 호흡은 안정되었고 명중률도 높아서 본격적인 훈련이 시작된 지 한 달 만에 신입생들의 평균을 훌쩍 넘긴 350점을 기록했다. 체육 교사는 자신의 혜안에 감탄했고 지난 대회에서 1조 5인 중 가장 낮은 성적을 내는 바람에 주눅들어 있던 현경의 사수도 덩달아 표정이 환해졌다.

현경이 어디에나 있을 법한, 주변 상황에 휘둘리지 않는 단단한 아이였다면, 영이 역시 어디에나 있을 법한, 주변 상황에 지나치게 긴장하고 겁을 먹고 위축되는 아이였다. 물론 영이도 걱정했던 것과 달리 자신에게서 의외의 재능이 발현될 수도 있다는 희망을 잠깐 품긴 했다.

영이의 사수인 종미는 지난 대회에서 메달을 확보하는 데 결정적으로 기여했을 뿐 아니라 개인전에서는 금메달까지 딴 1등 선수였다. 종미는 가장 먼저 사격장에 나왔고 기록이 잘 나오지 않을 때는 늦게까지 남아 연습을 했고(필요한 경우에는 수입산 실탄을 자비로 마련하기도 하면서), 그런 이유로 열심히 하지 않는 아이들을 필요 이상으로 경멸했다. 그런 종미의 눈 밖에 나지 않기 위해서는 영이는 학교에서는 물론 집에 와서도 거울 앞에 서서 연습을 한 결과 신입생들 중에서 자세가 가장 완벽하다는 칭찬을 들을 수 있었던 것이다.

그러나 기대는 결과로 이어지지 않았다. 자세 연습 기간이 끝난 뒤 첫 기록을 위해 40발의 납탄을 지급받는 순간 영이는 자신이 결코 교사나 사수 종미가 원하는 점수를 낼 수 없을 뿐만 아니라 가장 소심한 기대치에도 미치지 못하리라는 사실을 깨달았다.

결과는 예상을 훨씬 하회했다. 납탄은 점수를 기록하는

원보다 바깥에 더 많은 흔적을 남겼고, 그 흔적마저도 채 30개가 되지 않았다. 첫 기록에 300점을 넘긴 현경은 차치하더라도 비록 점수는 낮을망정 일정한 패턴을 보여 자세를 바꾸거나 가늠자와 가늠쇠의 조율을 조정하면 개선의 여지가 있는 다른 신입생들과도 절대 비교가 되지 않을 만큼 처참한 결과였다.

성실한 녀석인 줄 알았는데…. 앞선 점검에서 현경을 격려하고 다른 아이들의 문제점을 파악하던 교사가 한참 동안 영이를 쳐다본 뒤 짧게 내뱉은 말이었다. 납탄이 장착된 총신을 든 영이의 모습을 단 한 번만 유심히 보았더라면 금세 눈치챌 수 있었을 것들, 이를테면 방아쇠를 당겨야 하는 정확한 타이밍을 놓치는 순간의 두려움, 불안한 과호흡, 과도한 긴장이 불러오는 손가락의 경직, 방아쇠를 당기는 순간 터무니없이 흔들리는 총신 등은 간과한 채 형편없는 결과의 원인을 그는 불성실함으로 단정했다.

교사가 촘촘하고 정확한 비율의 칭찬과 격려, 엄포와 경고를 성실한 농부처럼 뿌리고 간 뒤, 종미와 현경 사수의 표정이 눈에 띄게 달라졌다. 만년 꼴등의 설움을 딛고 비로소 훌륭한 선배로서의 재능을 발견하게 된 현경의 사수는 부풀어 오르는 열정을 쏟아붓기 시작했다. 선배의 열정을 거부할 수 없는, 고작 3개월 차 중학생이었던 현경은 그날 이후 가장 먼저 사격장 문을 열고 가장 늦게 문을 닫게 되었다. 더 늘어난 시간은 자세 교정과 근력 운동, 사격연습에 골고루 할애되었다. 훈련의 결과였는지, 타고난 재능 때문이었는지는 몰라도 그 이후 기록에서도, 그 이후의 이후와, 그 이후의 이후의 이후의 기록에서도 현경은 놀랄만한 점수를 도출해냈고 2학기가 시작될 무렵에는 명실공히 차세대 주자로 자리매김했다.

그 모든 과정에 분노한 건 종미였다. 사격부에 입단한 뒤 단 한 번도 스타이지 않았던 날이 없었던 종미는 자기 앞에 펼쳐진 일련의 일들에 대해 처음에는 어리둥절했고 나중에는 분노했다. 영이도 그런 종미를 이해했다. 명예를 실추시킨 것, 기록 점검 때마다 교사가 종미의 머리를 툭툭 치거나 어깨를 찍을 때 영이는 자신의 몸에 송곳이 들어오는 듯한 느낌에 휩싸였다. 순간에도 몇 번씩 돌변하는 종미의 감정 기복, 불처럼 쏟아대는 폭언과 학대를 영이는 그래서 감내했다.

5.

신입생들의 기록 점검은 매주 금요일에 실시되었다. 금요일의 영광을 차지하기 위해 지구력과 근력을 키우고 기록을 향상하는 일련의 과정들이 시간의 칸들을 채워나갔다. 영이는 그 칸과 칸 사이의 여백에도 집중했다. 교정부호로 칸을 벌리듯 한 과정이 끝난 뒤 잠깐의 쉬는 시간이 주어지면 짬을 내서 아령을 들었다. 푸쉬업은 따로 하지 않아도 되었다. 연습이 끝난 뒤 타깃을 확인한 종미는 훈련이라는 명목으로 푸쉬업을 지시했다. 지속적인 훈련의 결과는 명확했다. 세 번도 버겁던 푸쉬업의 숫자가 점차로 늘어났던 것인데 종미는 이 결과에 더욱 분노했다.

되.잖.아. 근데 기록은 왜 안 올라. 개기냐! 약속했다. 350 이하로는 1점에 한 대라고.

400점 만점에 350점이면 최소한 40발 중 30발은 9점을, 나머지 10발은 8점을 맞아야 한다는 얘기였다. 그 점수는 그간의 영이 기록 중 가장 높았던 298점에다 52를 더해야 했고, 지난 번 기록 때 일등사수의 재능이 엿보인다고 칭찬을 받은 현경의 점수보다도 5점을 상회하는 것이었다. 한마디로 가능하지 않은 숫자였다.

70대다.

격발의 순간에 송곳처럼 빠져나오는 불안과 두려움을 이해하지 못하는 종미는 영이의 저조한 기록을 자신에 대한 도전으로 이해하고 분노했다. 수긍과 억울함, 두려움과 서러움, 부당하다는 생각과 의구심이 영이의 내면에서 수성 물감처럼 뒤섞였다. 그중 가장 짙은 감정은 두려움이었다. 폭력적이고 일방적인 결정의 부당함과 억울함이 조심스럽게 싹을 내밀었지만 영이는 아무 말 없이 두 손을 벽에 댔다. 종미가 교사를 흉내 내어 만든, 검은색 테이프를 아무렇게나 두른 몽둥이를 들고 자기 옆으로 다가오는 순간 한쪽에 밀려 있던 감정들이 염산에 닿은 듯 녹아내리는 것을 느꼈다.

영이는 생리를 떠올렸다. 변소에서 팬티에 묻은 혈흔을 발견한 지난 3월 처음 맞은 생리는 어지럽고 고통스러운 경험이었다. 몸속 어딘가에 한 무더기의 유선충이 똬리를 틀고 있는 듯한 메슥거림과, 아랫배를 사정없이 찔러대는 듯한 통증이 앞다투어 나타났다. 그 바람에 내리 사흘을 밤낮 없는 고통과 구토에 시달려야 했다. 지난달 귀갓길에는 버스의 흔들림을 견딜 수 없어 급하게 내린 뒤 푸른색 위산을 토해내며, 이 고통이 상상할 수도 없는 긴 시간 계속될 거라는 생각에 진절머리를 쳤다. 그에 비하면, 지금의 고통은 찰나에 불과하다고 마음먹으니 두려움도 사라지는 듯했다. 영이는 차라리 종미가 빨리 구타를 시작했으면 좋겠다고 생각했고, 드디어 몽둥이가 둔부에 부딪히는 순간 마음이 편안해졌다.

그건 자신에게 닥친 난관을 대하는 영이의 방식이었다.

글자를 읽을 줄 알게 되면서부터 영이는 이야기에 탐닉했다. 만화일 때도 있었고, 동화일 때도 있었다. 이야기의 세상에서 주인공은 초반엔 모두에게 미움을 받는 듯했으나 결국은 사랑을 받게 되었고 처음엔 괴로웠으나 결국엔 행복했다. 천덕꾸러기였던 오리는 백조였으며, 천하박색이었던 신부는 알고 보니 미녀였고, 어쩔 수 없이 선택한 개구리는 사실 왕자였다. 여자라서 환영받지 못했던 주근깨 소녀는 결국엔 따뜻한 초록지붕집의 가족이 되었고, 예쁘지도 않고 가난하기까지 한 캔디는 잘 웃고 선한 마음을 끝까지 유지한 덕분에 안소니와 테리우스의 사랑을 동시에 받았다. 주인공들이 행복해질 때마다 어린 영이의 가슴은 기쁨으로 가득 찼다. 술에 취한 아버지가 이웃과 언쟁을 벌여도, 어머니가 무표정한 얼굴로 자신을 대해도, 대문을 드나들 때마다 못마땅해하는 주인 여자의 혼잣말을 들어야 할 때도 조금만 참고 견디고 착하게 산다면 주인공들이 경험한 기적들이 자신에게도 나타날 것 같았다.

다른 사람의 말을, 무조건 수용하고 맞추려는 영이의 순한 마음은 전적으로 그에 기인한 바가 컸다. 예컨대 이런 것이었다. 집 근처 공터에서 동네 아이들과 고무줄을 하다 아버지에게 지청구를 들었던 어느 여름, 영이가 떠올린 건 뭐든 지울 수 있는 지우개와 뭐든 그릴 수 있는 연필 같은 것. 그날 영이는 유독 많이 웃었다. 모처럼 시원한 바람이 불었고, 고무줄 놀이에서 자신의 큰 키가 한껏 도움이 되는 중이기 때문이었다. 그때 한쪽에 쪼그리고 앉아 담배를 피우던 아버지가 말했다.

거 그렇게 웃지 좀 마라. 잇몸이 뻘건데 챙피한 줄도 모르고 원.

갑작스럽게, 어쩐지 기분이 우울해진 영이는 친구들 무리를 빠져나왔다. 아버지가 문을 연 채 허참의 쇼쇼쇼를 보며 큰소리로 웃다가 말을 걸어왔다.

실컷 놀았냐.

네….

영이는 고개를 숙인 채 건넌방으로 들어갔다. 영이는, 언제부터인지 벽에 걸려있는, 축 개업이라는 글씨가 반쯤은 지워진 뿌연 거울을 들여다보았다. 입을 크게 벌리고 웃는 시늉을 해보았다. 과연 아버지의 말이 맞았다. 이 위로 드러난 분홍빛 잇몸은 자기가 보기에도 흉물스러웠다. 영이는 잇몸이 드러나지 않게 웃는 방법을 연구했지만 돌출된 구강 구조로는 어떤 표정을 지어도 소용이 없었기에 아무리 즐겁거나 재미있는 일이 있어도 크게 입을 벌리지 않아야겠다는 결론을 내기에 이르렀다.

잇몸을 드러내고 웃는 게 매우 부끄러운 일이라는 것, 그러고 보니 친구들은 아무리 환하게 웃어도 목청은 보일지언정 잇몸은 보이지 않는다는 사실을 알게 된 영이는 그날 이후 잘 웃지 않게 되었다. 한쪽 근육만을 이용해 다소 어색하게 웃는 것, 그 결과 입술의 끝이 비대칭적으로 벌어지는 것, 어떤 상황에서도 목청을 높여 크게 웃지 않는 오래된 습관은 이때 시작된 것이었다.

어느 토요일 저녁, 텔레비전을 보다 무심코 깔깔대던 영이는 화들짝 놀라 고개를 돌렸다. 아버지 역시 못생겨서 죄송하다고 부르짖는 이주일을 보며 껄껄대고 있었다. 웃지 않고 '유머일번지'를 보는 건 불가능한 일이었다. 영이는 슬며시 방을 나왔다. 만능 스프레이와 연필이 있다면 좋을 텐데, 거울을 들여다보며 생각했다. 스프레이를 얼굴에 골고루 뿌린 뒤, 연필로 완벽하게 그릴 수 있을 텐데. 황미나 만화의 주인공처럼 눈도 크고, 눈썹도 길고, 코도 뾰족하고, 무엇보다 입도 앵두처럼 귀엽게 그릴 수 있을 텐데.

사격부에 입단해서도 그랬다. 영이는 기록을 올리기 위해 최선을 다했다. 체력단련에도, 격발연습에도, 사격장 청소에도 다른 아이들보다 더 시간을 할애했고 부지런히 움직였다. 마음속으로라도 불합리한 종미의 태도에 이의를 제기하지 않았다. 어떻게 해서든 기록을 올리고 싶었던 것도 종미의 자존심을 회복시켜주고 싶었기 때문이었다. 버스비를 아껴 면포를 만든 것도 그 노력 중의 하나였다.

사격부 일과는 훈련을 마친 뒤 무기고에 총기를 반납하고 주장인 종미의 보고로 마무리되었는데, 반납 전에는 반드시 총기 손질을 해야 했다. 총기가 부식되지 않도록 가로, 세로 5cm의 정사각형 면포에 윤활유를 발라 꼼꼼하게 닦아내는 일이었다. 6월이 시작되자 2학년들은 이제까지 자신들이 조달하던 면 조각을 1학년들에게 위임했다. 집에서 가족들이 입지 않는 낡은 러닝셔츠를 잘라 오면 된다고 했다.

영이는 난감했다. 비록 한 달에 한 번이라고 했지만 입을 수 있는 속옷을 자르는 건 상상할 수 없는 일이었다. 태어나면서부터 그때까지 영이는 집에서 무언가를 버리는 걸 한 번도 본 적이 없었다. 음식물도 그렇고 의복도 그렇고 가구도 마찬가지였다. 영이의 집에서는 밥을 먹은 뒤 그릇에 남은 밥알이나 고춧가루까지 먹기 위해 물을 붓는 게 당연했다. 손상된 의복은 꿰매거나 다른 천을 덧대었는데 속옷도 예외가 아니었다. 가구는 산 것보다 남이 쓰다 버린 걸 수리한 게 압도적으로 많았다. 심지어 빗물도 버리지 않았다. 비가 오는 날엔 밀렸던 빨래를 했고 양동이와 고무 대야를 마당 가득 잔뜩 늘어놓아 며칠간 쓸 수 있는 빗물을 비축했다. 심지어 어머니는 술상을 치우다 아버지가 먹다 남긴 소주나 맥주를 마시기까지 했다. 그런 어머니에게 아무리 낡은 것일지라도 속옷을 자른다고 말할 수는 없었다.

영이가 택한 방법은 버스비를 아껴 새 러닝셔츠를 사는 것이었다. 이전에도 용돈이 필요하면 종종 차비를 아꼈던 적이 있었으므로 한 시간만 일찍 집을 나서고, 한 시간만 늦게 집에 들어가면 될 터였다. 궁여지책으로 생각해낸 해결책이었지만 그 방법은 짧게나마 효과를 보는 듯했다. 산뜻한 면포를 받아든 종미의 표정이 눈에 띄게 환해졌던 것이다.

영이의 면포는 다른 누런 것들 사이에서 부드러운 식빵처럼 도도한 흰빛을 띠었다. 와 이건 왜 이렇게 깨끗해. 종미네 꺼야. 후배 잘 뒀네. 상급생들이 나누는 이야기를 흐뭇한 표정으로 듣던 종미는 본격적인 훈련 이래 그날 처음으로 푸쉬업을 지시하지 않았다. 그러나 유효기간은 한겨울 낮의 햇빛만큼이나 짧았다. 얼마 지나지 않아 종미의 태도는 예전으로 돌아갔다. 불친절해졌고 사나워졌다. 이때부터 나쁜 일들이 앞을 다투어 영이를 찾았다.

7월 하순이었다. 그날따라 종미의 태도가 유독 사나웠다. 사격장에 들어설 때부터 잔뜩 날이 서 있었는데 누구에게든지 퉁명스러운 말들을 쏟아냈다. 격발을 한 뒤 점수를 확인할 때는 도르래가 잘 돌지 않는다고 짜증을 냈고 레버가 부드럽지 않다며 소리를 질렀다. 영이가 서둘러 면포에 윤활유를 묻힌 뒤 닦으려 하자 신경 쓰이게 뭐 하는 짓이냐며 사납게 영이를 밀쳐버렸다. 설상가상으로 그날 종미는 상급생 중 최하위를 기록했다.

    교사가 후배 훈련도 똑바로 시키지 못할 뿐만 아니라 자기 관리까지 하지 못한다는 질책을 한바탕 퍼붓고 나간 뒤 종미는 신입생들을 집합시켰다. 세 명이 사색이 되어 먼저 종미 앞에 섰고, 그날 유일하게 교사의 칭찬을 들은 현경이 뒤이어 왔다. 가장 먼저 부동자세로 서 있던 영이와 언뜻 눈이 마주쳤지만 늘 그렇듯 무심하게 옆에 와 설 뿐이었다. 종미는 못마땅해하며 현경을 노려보았다. 금방이라도 험한 말을 쏟아부을 듯했지만 아무 말도 하지 않았다. 그도 그럴 것이 그날 기록에서 현경은 최고 순위를 기록했다.

    설사 최하위를 기록했다 하더라도 사격부에서 현경에게 뭐라고 하는 사람은 없었다. 입단 첫날부터 교사가 현경을 각별하게 대한다는 건 누구나 아는 사실이었다. 사격장에 들를 때마다 이어지는 현경의 기록과 자세, 꾸준한 출석, 과묵함에 대한 칭찬은 누구도 현경을 건드려서는 안 된다는 신호로 작용했다. 아이들은 부자인 현경 부모가 정기적으로 교사에게 촌지를 준다고 수군댔다. 그리고 어느 날 부모와 함께 검은색 그라나다를 타고 온 현경이 교문 앞에서 내린 뒤로는 공공연한 사실이 되었다.

자신에 대한 들끓는 소문 가운데서도 현경은 시종일관 무표정했다. 원래 감정 기복이 없는 성격인 것 같기도 했고 왜인지 늘 화가 난 것 같이 보이기도 했다. 현경은 기록이 잘 나와 칭찬을 받아도 웃지 않았고, 기록이 떨어져 기합을 받을 때는 속상해하지 않았고 심지어 힘든 기색도 보이지 않았다. 늘 주눅들어 있는 영이와 달리 마음만 먹는다면 선배들이나 동기들과 좋은 관계를 유지할 수 있을 터이고 실제로 몇몇은 드러내놓고 친근감을 표시했는데도 그렇게 하지 않았다. 탈의실에서 같이 밥을 먹고, 같이 청소를 했지만 자유시간엔 혼자 있고 싶어 했다. 그랬으니 아무리 종미가 노여워하더라도 큰 타격을 받을 리 없었다.

아니나 다를까 늦게 왔음에도 불구하고 현경은 다른 아이들과 달리 고개를 숙이지 않았다. 깊은 생각에 빠진 듯 흔들림 없이 앞을 응시할 뿐이어서 옆에 서 있는 영이가 오히려 불안할 지경이었다. 그런 현경이 영이는 부러웠다. 자신과 달리 전전긍긍하지 않는 의연함이, 당당함이 내재된 무표정이, 결단력 있는 격발 조정 능력이, 그라나다를 타고 다니는 사이좋은 부모를 가진 환경이.

종미는 신입생들의 기록을 하나하나 짚으며 큰소리를 냈

다. 각자의 약점들, 예컨대 기록의 기복이 심하거나, 타점이 한쪽으로 몰려 있거나, 10점짜리 점수가 많으면서도 실수가 많아 겨우 평균에 미치고 있는 점수들에 대해 비난을 퍼부었다. 그리고 현경 차례가 되자 말없이 기록지를 노려보았지만 그날 현경의 점수는 400점 만점에 380점이었다. 비공식적이기는 했지만 소년체전에서 가뿐히 메달을 딸 수도 있는 점수였다.

잘나가시는 분한테는 뭐 감히 말도 못 하겠네.

트집을 잡을 수 없자 종미는 소심하게 빈정댔다. 자존심을 지키고 싶어서였겠지만 양쪽 볼이 붉어지는 건 감추지 못했다. 주장의 훈계 시간이 끝난 뒤 각자의 사수가 어미새들처럼 신입생들을 데리고 간 뒤 창고 안에는 종미와 영이만 남았다. 종미는 교사가 그랬던 것처럼 영이의 기록지를 툭툭 쳤다. 영이는 트집 잡히지 않도록 숨소리마저 조심했다. 긴장 때문에 가슴이 뻑적지근했다.

발가락으로 쏴도 이것보다는 낫겠다. 어떻게 하면 이렇게 쏘냐. 아직도 어떻게 방아쇠를 당기는지 몰라? 너 돌대가리야?

종미가 기습적으로 발을 휘둘렀다. 갑작스러운 공격에

미처 구부리지도 못했던 무방비 상태의 무릎에서 딱 소리가 났다. 영이는 억, 소리를 내며 허리를 굽혔다. 뼈를 잘못 맞았는지 전류가 흐르는 듯 온몸이 찌릿거렸다. 잠깐, 종미의 표정에서 난감함이 떠올랐다가 사라졌다.

잘난 체하고 매일 지 꺼라고 꼭 새 천이나 쓰고 말이야. 왜 낡은 건 더러워서 못 쓰시겠어?

종미는 이번에는 영이의 오른쪽 어깨를 꾹꾹 찔렀다. 억측이었지만 영이는 아무 말도 하지 않았다. 영이가 자신의 면포로 총기를 닦은 건 결코 잘난 체를 하기 위해서도, 다른 게 낡아 보여서도 아니었다. 오히려 아이들의 면포는 영이의 속옷보다도 덜 낡아 보였다. 다만 영이는 자신이 최선을 다한다는 걸 보여주고 싶었을 뿐이었다.

아주 부자신가 봐. 매일 새 걸 잘라 오고 말이야. 왜 실탄도 직접 사서 쓰지 그래. 후진 국산 쓰지 말고. 아, 그러고 보니 실탄이 후져서 기록이 병신 같은가 보네.

계속되는 빈정에 통증이 자기장처럼 퍼져나갔다. 뜬금없게도 어깨가 저렸고 바늘에 찔린 듯 손가락이 따끔거렸다. 그렇지 않아도 걸어서 학교를 오가는 일이 녹록지 않았는데 더 이상 견디기 힘들 것 같았다.

본격적인 여름에 접어들면서 온몸을 태울 듯한 햇볕이 기승을 부리기 시작했다. 가만히 서 있어도 목과 겨드랑이에서 진물처럼 땀이 찼고, 등교를 위해 한 시간 가까이 걷다 보면 속옷은 물론 교복까지 몸에 달라붙었다. 가뜩이나 더위 때문에 숙면을 취하지 못한 데다가 이른 아침부터 너무 많이 움직인 탓에 수업을 듣다 보면 우박처럼 잠이 쏟아졌다. 그렇게 모은 돈이었다.

이딴 걸로 잘난 체하지 말고 기록을 내라고 기록을! 눈깔이 삐었어?

종미는 분을 삭이지 못하고 면포가 든 통을 던져버렸다. 공중으로 흩어진 면포들이 흰나비 떼처럼 팔랑거리며 바닥에 내려앉았다. 먼지 때문에 뿌려놓은 물들이 그것들을 천천히 잿빛으로 물들였다.

영이의 필통에는 버스와 짜장면과 브라보콘의 욕구를 이기고 모은 돈이 여러 번 접힌 채 담겨 있었다. 다음 달 분의 런닝을 살 돈이었다. 그 돈을 이제 어찌해야 할지 영이는 판단이 서지 않았다. 새것을 가져오면 종미가 화를 낼 것이고, 아버지의 낡은 런닝을 자르면 어머니가 역정을 낼 터였다.

6.

 겨울방학이 시작되면서 훈련이 강화되었다. 교사는 다음 해 3월에 열릴 연맹 회장기 대회에서 상급생은 반드시 1등을 차지하고 신입생은 내년 상반기에 있을 도 체전에 시 대표로 출전하는 것은 물론이거니와, 반드시 금메달을 쟁취해야 한다고 강조했다. 그를 위해서 방학 중에 피나는 훈련에 매진해야 한다고 열변을 토한 뒤 신입생만을 따로 불러 의외의 말을 했다. 2학년 1학기부터 등록금을 면제받을 수 있다는 소식이었다. 뿐만 아니라 잘만 하면 고등학교와 대학까지도 특기 장학생으로 다닐 수 있다며 기쁨을 감추지 못하는 아이들의 어깨를 다독였다.

 그러니까 더욱 훈련에 매진하도록! 알겠나!

 좋은 소식을 전했다는 만족감은 늘 찌푸려져 있던 교사의 미간을 모처럼 펴게 했다. 교사는 양손을 허리에 댄 채 과장된 표정으로 해산을 명령했다. 그 어느 때보다 큰 목소리로 대답한 뒤 제자리로 돌아가는 신입생들의 표정은 종합 과자 선물세트를 받은 아이들처럼 환했다. 다만 현경은 예외였다. 아무것도 듣지 못한 듯 여전히 무표정했다. 그러나

다를 타고 세련된 정장을 입는 부모를 둔 현경으로선 등록금 면제가 그다지 기쁜 소식은 아닐 터라는 생각이 불쑥 영이의 머리를 스쳤다. 타고난 재능에 곱상한 외모까지 가졌으니 그럴 만하다고 영이는 생각했다. 뜻밖의 소식에 갑자기 머릿속이 헝클어진 자기와는 다른 것이다.

교사의 말을 듣는 순간 영이가 떠올린 건 어머니였다. 등록금 때문에 한숨짓는 모습을 더 이상 보지 않아도 된다고 생각하니 저절로 미소가 지어졌다. 중학교는 물론 고등학교에 대학까지도 무료로 다닐 수 있다니, 그건 주택복권에 당첨된 것 못지않은 행운이 아닌가. 하지만 그건 계속 사격을 하고, 실적이 좋을 때만 가능한 얘기였다. 벼락같이 나타난, 손에 잡힐 듯한 행운을 누리기 위해서는 영원히 종미를 봐야 한다는 뜻이었다. 마음을 정리할 시간이 필요했다. 일단은 며칠만이라도 부모에게 말하지 않아야겠다고 영이는 마음먹었다. 하지만 그 다짐은 하루도 넘기지 못했다.

집에 도착해 대문을 열자 기다렸다는 듯 소음이 쏟아졌다. 과한 웃음과 흥분한 목소리, 맥주잔이 부딪치는 소리와 연탄에 구운 고기 냄새가 불길하게 뒤섞인 채 마당을 떠돌고 있었다. 고작 저녁 여섯 시를 지나고 있을 뿐이었지만 원래대로라면 사무실에 앉아 있어야 할 아버지의 얼굴이 이미 잘 익은 홍시처럼 불콰했다. 마루에는 맥주병들이 챔피온 게임 말처럼 가지런히 놓여 있었다. 한쪽으로 캡틴큐도 보였다.

영이 왔구나. 얼른 앉아서 고기 먹자.

막 부엌에서 고기 한 접시를 가지고 나오던 주인 여자가 아는 체를 해왔다. 이 파티의 주인이 아버지라는 뜻이었다. 그렇지 않고서야 고기는커녕 미숫가루 한 잔도 내어주지 않는 그녀가 그토록 친절할 리가 없었다. 영이는 상을 둘러보았다. 앉으면 안 된다 싶었지만 눈치 없는 위장이 배고픈 고양이처럼 가르릉댔다. 영이는 홀리듯 상 앞에 앉았다. 한 점을 집어 입에 넣자 간장과 설탕에 잘 버무려진 살코기와 비계와 향긋한 탄내가 폭죽처럼 입안에서 퍼졌다. 늦은 장사에서 돌아와 이 광경을 마주할 어머니에 대한 걱정은 그 순간 들지 않았다. 영이는 숨도 쉬지 않았다. 단 세 번의 씹을 틈도 주지 않고 고기는 도망치듯 목구멍을 빠져나갔다.

어머니가 돌아온 건 평소보다도 훨씬 늦은 시간이었다. 참기름과 들기름, 이제는 더워서 아무도 먹지 않을 청국장과 울외가 든 고무 함지박을 머리에 이느라 목과 어깨가 잔뜩 쪼그라진 채 집으로 돌아온 어머니는 자신 앞에 펼쳐진 광경에 입을 다물지 못했다. 주인아저씨와 아주머니는 나쁜 일을 모의하다 들킨 것처럼 겸연쩍어했다. 계속하자는 아버지의 제안을 사양하며 서둘러 자기들 방으로 도망쳐 버렸다.

아주 잠깐 아버지가 난감한 표정을 지었다. 그러나 이내 태도를 바꾸어 언성을 높이기 시작했다. 남편의 술자리에 호응을 해주지 않고, 주인집 부부 앞에서 인상을 써서 그들을 겸연쩍게 만들었거니와 남편의 체면도 깎고, 귀가 시간이 지나치게 늦는다는 게 이유였다.

말을 하고 보니 논리가 그럴듯하다 싶었던지 아버지는 뻥튀기 튀기듯 화를 부풀렸고 종내에는 자신이 그날 직장을 때려치우고 대낮부터 술을 먹게 된 것도 다 어머니의 아둔함과 교양 없음과 무신경 때문이라고 핑계대기에 이르렀다. 지난번 실직 이후로 꼬박 1년 2개월을 무직으로 지낸 뒤 옛 동료의 소개로 다시 일을 시작한 지 고작 8개월 만에 다시 일을 하지 않겠다는, 혹은 하지 못하게 되었다는 선언을 그런 식으로 한 것이었다. 역시 아버지다웠다. 아버지는 전혀 상관없어 보이는 일들을 필연적으로 연결 짓는 재능이 탁월

했다. 불안한 심정으로 자리에 누웠던 영이는 이불을 뒤집어썼다. 오늘의 만찬이 아버지의 마지막 월급으로 이루어진 것이라는 사실을 깨닫자 허겁지겁 넘겼던 고기들이 금방이라도 위에서 역류할 것 같았다.

영이는 깨순이를 떠올렸다. 이런 일이 있을 때 영이는 슬그머니 대문을 나선 뒤 텔레비전을 보거나 라디오를 듣고 있던 깨순이를 불러냈고 그건 깨순이도 마찬가지였다. 마을 위쪽으로 올라가 그 끝에 있는, 비석이 없는 아기 묘지에 등을 대고 도란도란 속마음을 털어놓았다. 그건 오랫동안 마음을 달래던 둘만의 방식이었다.

영이가 아버지의 무절제와 무능력, 잦은 음주에 대해 토로하면 깨순이는 자기 아버지의 단순함과 난폭함, 역시 잦은 음주 뒤에 행하는 어머니에 대한 구타를 토로했다. 아버지가 또 외상으로 사람들에게 술을 사서 엄마랑 싸웠어, 라고 영이가 말하면 우리 아버지는 남은 밥을 개한테 줬다고 개를 때리고 엄마에게 욕을 해댔어, 라고 깨순이가 말했다. 아버지가 화낼 걸 뻔히 알면서 엄마는 왜 매번 장사를 나가기 전에 화장을 하는 걸까, 영이가 궁금해하면 우리 엄마는 아버지가 그렇게 화를 내는데 왜 잘 씻지도 않고 머리도 빗지 않는 걸까, 의아해했다. 아버지가 죽었으면 좋겠어. 그 말이 누구의 입에서 나온 건지는 확실하지 않았다. 영이일 수도, 깨순일 수도, 두 사람이 동시에 내뱉은 말일 수도 있었다. 무덤 주위에서 들리던 정체 모를 소리가 잦아들었을 때, 희미하게나마 비치던 달빛이 어느 순간 사라진 뒤 주위가 일순간 정전된 방처럼 컴컴해졌을 때였다.

하지만 이젠 모두 흘러간 시간이 되었다. 단단한 매듭 같던 연대는 느슨해졌고 시간에 의해 완전히 풀렸다. 교실에서 부딪칠 때마다 느꼈던 서먹함은 서서히 사그라들었고 어느 순간에는 감정 없는 얼굴로 서로를 지나치게 되었다. 어느 날 밤에는 깨순이 울음소리가 포효에 가까운 고함에 섞여 담장을 넘어왔고, 다음 날엔 공장에 가기 위해 몸뻬 차림으로 집을 나선 깨순이 어머니의 얼굴이 시퍼런 멍으로 뒤덮이기도 했지만 둘이 만나는 일은 없었다.

술자리를 치우는 듯 부산한 기척, 분노를 누르는 어머니의 음성이 들려왔다. 뒤이어 혀가 잔뜩 꼬부라진 아버지의 목소리, 기어코 중심을 잃었는지 병 구르는 소리가 요란하다 싶더니 방문이 열렸다. 아버지가 네 발로 문지방을 넘어오고 있었다.

영이는 마루로 나왔다. 웅크렸던 체기가 뱃속을 긁는지 멀미가 났다. 영이는 한쪽에 놓여 있던 요강 위로 몸을 숙였다. 목구멍에 손가락을 넣고 속죄하듯 음식물을 토해냈다. 요강의 내용물을 변소에 부은 뒤 소리 나게 닦았다. 나뒹구는 술병을 한쪽으로 밀어 넣으며 어머니의 심기를 살폈다. 어머니가 잔에 술을 따르자 깨끗한 젓가락을 얼른 상위에 올려놓았다.

엄마 저 할 말 있어요. 좋은 얘기야.

영이는 짐짓 발랄한 음성으로 사격부에 들어가게 되었고 매일 훈련을 받았다는 말을 했다. 사격부가 미술부나 합창부, 혹은 육상부나 배드민턴부처럼 익숙한 활동이 아니었음에도 어머니는 아무것도 묻지 않았기에 사격이 너무 재미있고, 기록도 잘 나온다는 거짓말은 하지 않아도 되었다. 어머니가 반응을 보인 건 사격부를 계속할 경우 등록금을 면제받을 수 있을 거라는 이야기를 했을 때였다.

그러니까 2학년부터 공짜로 학교에 다닐 수 있다고?

어쩌면, 안 될 수도 있지만, 안 되기가 쉽지만, 내가 잘해서, 진짜 정말 잘해서 특기생으로 고등학교에 가게 되면 고등학교도 공짜로 다닐 수 있대.

잘했네.

어머니가 짧게 말했다. 잘된 일이야, 그렇게 생각하니 정말 그런 것 같았다. 영이는 기분이 좋아졌고 사격부에 입단하길 잘했다고 생각했다.

그렇게 생각하니 운도 따르는 것 같았다. 영이는 길을 지나다 무심히 뽑은 뽑기에서, 몇 번의 시도에도 꽝을 고른 다른 아이들과 달리 단 한 번 만에 2등을 뽑아 팬 플룻을 받았다. 그전에는 한 번도 보지 못하여 소리내는 법도 모르거니와, 말이 그럴듯해 악기지 한눈에 보기에도 싸구려 티가 나는 조악한 플라스틱 덩어리였을 뿐이지만 하루의 행복을 얻기에는 충분한 것이었다. 별 모양 달고나를 완벽히 떼내어 설탕 황금 잉어를 받기도 하였다. 동기들과의 공기놀이에서 이겨 곤계란과 떡볶이를 얻어먹기도 하였다. 부진했던 사격 기록도 서서히 오르는 조짐을 보였다. 기록이 죽을 쑨 날에는 종미가 맹장에 걸려 일주일간 학교에 나오지 않아 무사히 지나갈 수 있었다.

영원할 것 같던 1학년의 시간이 끝을 맺었고 해가 바뀌었다. 3월에는 연맹 회장기 대회에서 이제는 3학년이 된 종미 등이 압도적인 기록으로 1위를 차지했다. 창단 2년 만에 이루어낸 쾌거에 감독은 기쁨을 감추지 못했고 아낌없는 지원을 약속했다. 특기 장학생이 된 영이는 처음으로 어머니의 희미한 미소를 보았다. 하지만 늘 그렇듯 시간의 물결은 늘 같은 높이로만 일렁이지는 않았다. 영원할 듯 솟아올랐다가도 충동적으로 부서져 나갔다.

7.

2학년 가을 초입이었다. 그날도 영이는 변함없이 4교시가 끝난 뒤 탈의실로 갔다. 신입생들이 들어온 탓에 탈의실은 만원 버스처럼 복잡했다. 영이 등은 도시락을 꺼내놓고 3학년들을 기다렸다. 누군가의 뱃속에서 꼬르륵 소리가 났지만 아무도 웃지 않았다.

3학년들은 점심시간을 한참 넘긴 뒤에야 돌아왔는데 표정들이 좋지 않았다. 면담이 흡족하지 않았던 듯 교사와의 대화를 복기하며 중간중간 상스러운 말을 내뱉었다. 이야기 중간중간 벽을 치거나 몸을 움직일 때마다 먼지들이 멸치조림과 김치볶음, 소시지 부침과 계란말이 위로 살랑거렸. 도시락을 먹을 수도, 다시 뚜껑을 닫을 수도 없었던 영이와 나머지 아이들은 그 광경을 바라보며 대화가 끝나기를 기다렸다.

드디어 대화가 끝나자 허기에 지친 영이는 서둘러 젓가락을 들었다. 그러나 곧 자신을 향하는 사나운 기운을 감지하고 고개를 들었다. 그리고 자신을 노려보는 종미와 눈을 마주쳤다. 종미가 쯔쯔 혀를 찼다. 미간에 주름이 세로로 패어있었다. 기분이 좋지 않다는 뜻이었다. 대화 내용으로 보아 선택지가 적은 다른 선배와 달리 종미는 대전은 물론 다른 지역에서도 스카우트 제안을 받은 듯했다. 기분이 상할 일은 전혀 없는 것이다. 그런데도 눈빛은 당장 베어버릴 듯 사나웠다. 영이가 계란말이를 떨어뜨린 건 그래서였다.

왜. 버리게?

예?

먹어.

예?

뭐가 자꾸 예예야.

….

개기냐. 네가 그렇게 부자야, 그렇게 깨끗해? 그렇게 잘 났어?

처음엔 말을 알아듣지 못했고 나중엔 저의를 파악하기

어려웠다. 농담이 아니라는 것을 알게 된 뒤에는 당혹스러 웠고 무차별적으로 쏟아지는 비난에는 습관처럼 체념이 몰려왔다. 영이는 천천히 계란말이를 집어 입에 넣었다. 입안 가득 모래알이 퍼져나갔다.

영이가 분노의 원인을 알게 된 건 그날따라 혹독했던 훈련, 가혹했던 비난, 히스테리에 가까운 신경질을 온몸에 뒤집어쓴 뒤 교문을 나섰을 때였다.

암튼 종미 언닌 왜 그렇게 영이를 못 잡아먹어서 안달인데. 영이야 오늘 정말 힘들었지.

맞아. 아무리 사수라도 너무한 거 아냐. 오늘은 완전 미친 것 같더라. 어휴 키도 작은 게 꼴에 선배라고.

오늘은 영이가 아무리 잘했어도 괴롭혔을 거야.

두런두런 나누던 이야기 끝에 한 아이가 의미심장한 표정으로 입을 열었다.

왜?

나머지 둘이 동시에 물었다.

아는 언니한테 들은 건데. 너네, 국어 선생님이 3학년 한문도 가르치는 거 알지.

자기에 대한 집중이 흐뭇한 듯 아이의 눈이 빛났다.

운동부원이 책상에 엎드려 잠을 자는 건 특별한 일이 아니었다. 대부분의 운동부원들은 수업 내용을 따라가지 못해서, 피곤해서, 자신들만의 특권의식 때문에 수업 시작과 동시에 책상에 머리를 대고 침을 흘렸다. 교사들도 모른 체 했다. 고된 훈련에 대한 이해일 수도, 어차피 공부랑 상관없는 애들 때문에 진을 빼고 싶지 않은 이기심이거나 경멸 때문일 수도 있었다.

2학년에게는 국어를, 3학년에게는 한문을 가르치는 교사는 후자에 속했다. 그는 평소에도 대놓고 운동부원들을 꼴통이라고 지칭하며 경멸을 감추지 않았다. 영이에 대해 그가 과한 관심을 갖게 된 것도 운동부여서였다. 지난해에 영이를 추켜 세울 때도 그는 다른 운동부원들을 깎아내렸다.

그래서 한문이 엄청 지랄했나 봐.

종미는 1교시부터 책상에 엎드려 있었다. 아무도 뭐라고 하지 않았다. 4교시 종이 울리고 교실에 들어선 한문 교사는 수업이 시작되어도 일어나지 않는 종미가 못마땅했다. 얘, 사격부예요. 교사가 깨우라고 하자 창가에 앉아 있던 누군가가 말했다. 그게 화근이었다. 교사는 거칠게 종미의 어깨를 흔들었다. 단잠에 빠져 있던 종미는 쉽게 상황을 파악하지 못했고 교사는 어리둥절해하는 모습을 반항이라 판단했다. 교사는 출석부로 종미의 머리를 네 번 정도 내리쳤다.

그러면서 네 얘기를 했대. 사격부면 다냐고. 머리에 똥만 들어있는 돌대가리인 게 자랑이냐고. 2학년 1반 김영이는 사격부면서 할 거 다 한다고. 부끄러운 줄 알라고.

그래서 종미 언니가···.

와 미친.

영이 이제 어떡해. 가뜩이나 못 잡아먹어서 안달인데.

이야기를 마친 아이는 영이를 바라보았고 둘은 고개를 끄덕이며 영이의 어깨를 쓰다듬었다. 현경은 사격장 쪽을 바라보았다. 영이는 아무 말도 하지 않았다. 집에 도착하자 피곤이 몰려왔다. 집은 늘 그렇듯 텅 비어있었다. 책가방을 던져두고 영이는 서서히 어두워지는 마루 한쪽에 앉아 무릎을 감싸안았다.

언제 잠이 들었는지는 정확하지 않았다. 불편한 칭찬, 분노로 가득한 종미의 표정, 모래투성이의 달걀말이, 엉덩이에 남은 구타의 흔적, 뼛속까지 느껴지는 깊은 통증 따위가 함부로 뒤섞여 신경을 떠돌다 어느 순간 먼지처럼 가라앉았을 때였다. 돌연 문이 여닫히고 물건이 부딪치는 소리가 먼

곳에서인 듯 들려왔고 그 사이로 아버지의 음성이 섞여 울렸다. 영이는 잠에서 깼다. 술에 취한 아버지가 몸을 애써 가누며 양말을 벗고 있었고 어머니는 함부로 던져진 겉옷을 거는 중이었다.

그러니까 중학교랑 고등학교까지 장학생으로 다닐 수 있다고? 아니지. 그럼 대학교도 공짜로 다닐 수 있겠네.

술에 취한 아버지와 장사에 지친 어머니가 싸우는 게 아닌, 일상 대화를 나누는 것은 좀체 보기 드문 일이었다. 등록금 면제가 가져온 의외의 광경이었다. 영이는 얼굴까지 이불을 끌어 올렸다. 잠을 자고 싶었다. 하지만 신경의 먼지는 좀처럼 가라앉지 않고 좁은 방안을 부유하며 긴 하루를 연장했다.

8.

시간은 빛처럼 달아났다. 두렵고 지루했던 신입생의 시간과, 열패감과 좌절, 체념과 포기의 시간이 연속적으로 지나간 뒤 어느새 3학년이 된 영이에게 남은 건 이제 사격이 아니라면 고등학교 진학은 꿈도 꿀 수 없을 정도의 참담한 성적뿐이었다. 크고 작은 대회에서 소소하게나마 성과를 보인 동기들과 달리 단 한 개의 개인 메달도 수상하지 못했고 단체전 상장에 겨우 이름을 올렸을 뿐이지만 그마저도 기록이 합산된 건 아니었다. 교사는 그제야 영이의 심약한 성정과 재능 없음을 눈치챘지만 되돌릴 수도 없는 노릇이었다. 기록을 점검할 때마다 그는 불성실을 책망하는 대신 이제 근성 없음을 탓하며 한심해했다.

한심해하는 건 교사보다 영이가 더 했다. 3학년이 되어서도 여전히 질책의 중심에 서 있는 자신을 영이는 이해할 수 없었고 할 수 있는 일이 없다는 사실에 좌절했다. 희망을 가지고 했던 노력들이 어떤 성과도 보이지 않는다는 사실을 확인했고, 그렇다면 계속 사격부에 남을 이유가 없었지만 그렇다고 그만둘 수도 없는 노릇이었다. 교사가 한심한 눈빛으로 자신을 보거나 기록지를 들고 한숨을 내쉴 때마다 영이는 그의 눈에 띄지 않기 위해 애썼다. 깨순이와 도시락을 먹고 방과 후 일과를 같이 하고 싶은 천진한 소망, 폭력적인 세계에 대한 두려움, 부진한 기록에 비례해 커지는 열패감 따위는 휘발해버린 지 오래였고 혹여나 이 세계에서 떠밀려날지도 모른다는 두려움에 몸을 움츠렸다.

그러는 사이에도 시간은 속절없이 흘렀고 1학기가 지나

자마자 시장기 대회가 다가왔다. 졸업 전 마지막 대회였다. 특별 훈련이 시작되었고 대회가 임박한 9월에는 주말 훈련은 물론 오전 수업마저 빠지게 되었다. 오전과 오후 두 번씩 기록을 점검했는데, 그건 영이가 지속적으로 폭력적인 상황에 놓이게 되었다는 의미이기도 했다. 체벌의 강도가 세어질수록 기록이 점점 더 곤두박질쳤기 때문에 나중에는 영이뿐만 아니라 교사까지 완전히 진이 빠져버리고 말았다.

설상가상으로 전혀 예상치 못한 일도 일어났다. 연속적으로 기록을 경신하여 이변이 없는 한 개인적으로 전국 대회 최소 은메달은 물론이거니와 팀의 등수에도 결정적으로 기여하리라 믿었던 현경이 대회를 고작 열흘 남긴 시점에서 돌연 사라진 것이다. 교사는 기록이 좀 나오니 나태해진 거라고, 이참에 정신머리를 고쳐놓겠다고 벼렀지만 현경의 부모와 통화를 한 뒤에는 망연자실하고 말았다.

현경 아버지는 사소한 일로 딸을 나무랐지만, 사춘기가 시작된 현경이 악을 쓰며 대드는 바람에 그만 자제심을 잃었다고 했다. 충동적으로 뺨을 때린 뒤 즉시 사과를 했다고 변명했다. 제시간에 등교하기에 마무리가 되었나 했는데 그러지 않았던 모양이라고, 지나치게 자책하는 통에 오히려 교사가 그를 위로해주어야 했다.

현경은 이튿날에도 나타나지 않았다. 하루쯤 지나면 돌아오겠거니 넘겨짚으며 인내심을 발휘하던 교사는 사색이 되었다. 어쩌면 대회 날까지 나타나지 않을지 모른다는 불안감이 엄습했고 현경이 빠진 대회는 승산이 없다는 데 생각이 미친 탓이었다. 그랬지만 찾을 방법이 없었다. 현경은 사격부원 누구와도 소통하지 않았고, 학급 아이들과는 더욱 그랬다.

정신 못 차려!

교사는 그로 인한 분노와 초조한 심정을 아이들에게 겨누었다. 전날과 비교해 과히 나쁜 기록이 아니었음에도, 엄밀히 따지면 조금 올라간 편이었음에도 불같이 화를 냈다. 몽둥이를 쥔 손에 힘을 주느라 이를 악물었고 아이들의 몸이 휘어지고 신음이 흘러나와도 아랑곳하지 않았다.

소통하지 않은 건 그녀의 부모도 마찬가지였다. 자가용으로 등하교를 해주고 수시로 교사와 담임에게 고기와 과일을 나르며 딸의 말과 행동에 대해 관심을 기울였지만 정작 자신의 딸과는 어떤 말도 하지 않았던 그들은 어디에서도 흔적을 찾지 못했다.

사흘째가 되자 반 아이들까지 그 사실을 알게 되었다. 이런저런 소문들이 여름 신작로의 아지랑이처럼 공기의 미로를 떠돌았다. 몸뻬를 입고 아무 데서나 큰소리로 웃는 보통의 어머니들과 달리 선글라스를 끼고 색깔이 조화로운 양장과 힐을 신는 어머니와 그라나다를 타는 아버지에 대한 이야기가 요깃거리가 되었고 사실은 두 사람이 재혼한 관계라는 말이 민들레 홀씨처럼 날아다녔다. 아이들은 현경에 대한 소문을 끝말놀이 하듯 즐기며 상상력을 펼쳐나갔다.

나흘째에는 현경에게 고추 아가씨 대회에서 선을 차지한 언니가 있는데 지금 일본에서 접대부로 일한다는 이야기가 공공연하게 돌아다녔고 사랑의 체험수기를 너무 많이 읽은 경험에 기대어, 일상적인 현경의 우울이 사실은 의붓오빠와 사랑에 빠졌기 때문이라는 사실이 추리되기에 이르렀다. 결정적으로 지금 테리우스처럼 생겼다는 그 의붓오빠와 사랑의 도피 행각을 벌이고 있다는 말이 나왔을 때 현경은 기형적으로 크고 맑은 눈으로 눈물을 흘리는 순정만화의 주인공으로 등극했다.

닷새째가 되어도 현경이 나타나지 않자 체육교사의 스트레스가 극에 달했다. 학생주임과 함께 문제아들이 잘 다니는 시내의 뒷골목과 유흥가를 탐색하는 것도 모자라 혹시 누군가에게 납치된 것이 아닌지, 그렇다면 하루라도 빨리 경찰서에 실종신고를 하는 게 좋겠다고 제안하기에 이르렀다. 나이에 비해 성숙한 외모를 생각하면 그럴듯한 걱정이었지만 결국 조금만 더 기다려보자는 현경 부모의 의견에 신고는 보류되었다. 생각보다 의연한 태도에 교사는 잠깐 의구심을 가졌고 그를 눈치챈 부모의 고백이 이어졌다. 고백에 의하면 현경의 가출은 사실 처음이 아니었다. 중학교에 입학한 뒤로 총 네 번째이며 1학년 때는 입학하자마자 자그마치 열흘 만에 들어온 적도 있었지만 매번 무사히 돌아왔다고 했다. 다행히 사격에 흥미를 가지면서 가출도 줄었는데 아무래도 시합이 부담스러웠던 모양이라고 했다. 그래도 없어진 돈의 액수로 보건대 길어도 일주일은 넘지 않을 듯하니 조금만 기다려보자고 했다. 교사는 석연찮음을 감추고 고개를 끄덕였다.

영이가 성심당 부근 정류장에서 현경을 본 건 교사가 시합에 대한 불안감과 스트레스를 아이들에게 한껏 표출하고 돌아간 그날 저녁이었다. 훈련을 마친 뒤 영이는 아이들과 목욕탕으로 향했다. 연습 납 탄환 조각을 판 돈으로 한 달에 한 번 같이 목욕을 하고 짜장면을 먹는 건 사격부의 오랜 관행이었다. 영이는 그날도 팀 내 최저 기록으로 교사의 질시를 집중적으로 받은 터라 빨리 집에 가고 싶을 뿐이었지만 잠자코 무리를 따랐다. 하지만 예기치 않은 일을 겪고 결국 다시 나와야 했다.

서둘러 목욕탕을 나선 뒤에도 얼굴의 화끈거림은 사라지지 않았다. 옆에서 탈의하던 후배의 당혹스러운 표정과 다른 아이들의 난감한 표정이 잊히지 않은 탓이었다. 엉덩이에 새겨진 체벌의 흔적들, 터져나간 핏줄과 곰팡이처럼 퍼진 멍 자국이 자신의 위치를 선명하게 보여주는 듯했다. 영이는 그렇게 하면 수치심에서 벗어날 수 있는 것처럼 걷고 또 걸었다.

걸음을 멈춘 건 문득 떠오른 생각에 주위를 둘러봤을 때였다. 길 건너 도청 건물이 눈에 들어왔는데 그건 집으로 가는 버스 정류장을 많이 지나왔다는 뜻이었다. 한참을 서 있던 영이는 하릴없이 왔던 길을 되돌아갔다. 돌연 허기가 몰려왔다. 그 와중에도 허기를 느끼는 자신에게 영이는 염증이 났다. 영이는 서둘러 걸었다. 그러나 곧 걸음을 멈추고 고개를 들었는데 익숙한 얼굴을 발견했기 때문이었다.

현경은 성심당 쪽 도로에서 남학생들과 큰 소리로 떠들며 웃고 있었다. 한 번도 본 적 없는 환한 얼굴로, 담배를 피우고 거리에 침을 뱉고 거친 욕을 내뱉는 아이들과 서로 몸을 부딪치며, 자신들을 향하여 미간을 찌푸리는 행인들의 시선도 아랑곳하지 않은 채. 낯선 모습에 영이는 현경에게서 시선을 떼지 못했다. 짧은 순간 교사의 초조한 표정이 떠오르자 저 아이를 설득해야 하는 게 아닌가 싶었다. 그러나 모든 것을 다 가진 듯한 아이가 대체 왜 저렇게 행동하는지 의문이 들었고, 그러자 어떤 설득도 무용하리라는 생각이 들었다.

마음의 방향을 정하지 못한 채 영이는 다시 걸었다. 다른 길이 없었고 이미 많이 지친 탓에 되돌아가고 싶지 않았다. 빨리 집으로 가고 싶을 뿐이었다. 그때였다. 영이는 왜인지 사람들 틈에서 고개를 숙이고 걷는 자신을 현경이 본 듯한 느낌을 받았다. 둘은 서로를 보았다. 당황한 건 오히려 영이였다. 몹쓸 짓을 하다 들킨 듯 영이는 얼굴을 붉혔다. 뒤이어 다정한 친구처럼 현경이 손을 흔들었다. 영이는 어색하게 미소지었다. 마침 타야 하는 버스가 보인 건 다행이었다. 영이는 짐짓 바쁜 몸짓으로 정류장을 향해 달렸다.

다음 날 현경이 모습을 드러냈다. 늘 그렇듯 무심한 표정으로였는데 큰 징계를 받으리라는 예상을 깨고 훈련에 복귀해서 닷새간 마음을 졸이던 아이들의 빈축을 샀다. 그 질시의 여파로 자극적인 소문이 퍼져나갔다. 남자와 여관에 누워있다 잡혔다는 이야기와, 여관이 아닌 역전 쪽방촌이었고, 테리우스를 닮은 의붓오빠가 아닌, 여드름투성이 공고생이었다는 말이 떠돌았다. 하지만 그 소문마저도 이내 기포처럼 사라져버렸다. 그런 뒤 퇴학이나 정학은커녕 반성문조차 쓰지 않는 걸 보니 분명 아버지가 재벌이거나 권력자일 거라는 소문이 제법 설득력 있게 이어졌지만 현경은 며칠 뒤 대회에서 금메달을 수상함으로써 모든 논란을 잠재웠다. 최하위 기록은 뺀다는 규정에 따라 영이의 기록은 이번에도 합산되지 않았다. 영이는 그래서 안도했고 우울했다.

9.

일주일 뒤 교사가 진학 이야기를 꺼냈다. 현경은 학교 리스트와 입학 시 특전이 적힌 용지를 받았다. 아이들이 부러움의 환호를 쏟아냈지만 무덤덤해했다.

영이도 현경이 부러웠다. 가능한 일이라면 그녀의 담대

함을 가지고 싶었다. 경이로운 기록은 전적으로 그녀의 담대함에서 비롯되는 것 같았다. 현경에게는 좋은 기록을 내고자 하는 욕심도 조바심도 보이지 않았다. 격발 때의 표정은 평온하기만 했다. 과녁의 중앙이 뚫려도 웃지 않았고, 어쩌다 6점이나 7점을 쏴도 찡그리지 않았다.

영이는 현경의 여유로움도 부러웠다. 그 아이는 언제나 너무 짧지도 지저분하지도 않은 단발을 유지했다. 정기적으로 미장원에 가야만 가능한 일이었다. 늘 의상실에서 맞춘 교복을 입었고, 가죽가방과 엘리트 구두를 신었다. 트레이닝복을 한 벌 더 준비해서 늘 깨끗한 상태를 유지했다. 키가 컸고 얼굴엔 뾰루지도 나지 않았다. 현경은 모든 것을 다 가지고 있는 듯했다. 성심당 부근에서 그 아이를 보았을 때 영이가 느꼈던 복합적인 감정은 그런 부러움에서 기인한 것이었다.

상담은 이어졌다. 두 명은 소총부를 주력으로 하는 대신 여고를, 새로운 시도를 해보고 싶은, 다소 수다스러운 한 아이는 권총부가 신설된 유성여상을 선택했다. 남은 건 영이 하나였다. 교사는 팔짱을 끼며 혀를 찼다. 너를 어쩌면 좋으냐.

자신의 재능과 미래를 합리적으로 고민해보기에 영이는 아직 많이 어렸고, 순했고, 소심했고, 겁이 많았고, 무엇보다도 빈곤했다. 교사의 엄포대로 어쩌면 진학이 불가능할 수도 있다고 생각하니 영이는 덜컥 겁이 났다. 상고를 졸업한 뒤 얼른 취직하기를 바라는 엄마의 소망을 알면서도 대학 진학이 좀 더 가능해 보이는 인문계고를 내심 마음에 두었던 게, 그렇게 되면 또 종미와 다시 만나야 하는 상황을 미리 두려워했던 게 우스꽝스럽게 여겨졌다.

불안한 시간은 예상치 못한 방법으로 끝을 맺었다. 이틀 뒤 교사가 영이를 불렀다. 영이가 교무실 문을 열자 먼저 와서 교사와 얘기를 나누던 현경이 살짝 손을 들었다. 교사가 뒤를 돌아보더니 어서 오라고 손짓을 했다. 그런 뒤 유성여상 진학이 확정되었다는 소식을 들려주었다. 이제부터는 권총을 쏴야 한다는 뜻이었다. 안도와 더불어 왜인지 모를 섭섭함이 동시에 몰려왔다. 영이는 어떤 표정을 지어야 할지 판단이 되지 않았다. 전국 모든 학교의 러브콜을 받은 현경은 과연 어디를 선택했을까. 영이는 문득 궁금했다.

이게 다 현경이 덕인 줄 알아.

교사가 현경을 바라보며 말했다. 뜻밖의 소식에 영이의

눈이 저절로 커졌다. 부잣집 아이가 유성여상이라니, 재능이 확인된 소총 대신 새롭게 시작해야 하는 권총을 선택했다니, 현경 덕에 모든 일이 순조롭게 결정되었다는 말을 들으면서도 영이는 의아했다. 영이는 교무실을 나서자마자 자연스럽게 인사하고 싶었지만 말을 건넨 건 현경이었다. 우리 고등학교에 가서도 잘 지내보자. 현경이 내민 손을 영이는 바라보았다. 누군가와 악수를 하는 건 처음이었다. 당당하게 악수를 청하는 게 과연 현경다웠다. 영이는 수줍게 내민 손을 잡았다.

10.

삶은 잘 닦인 신작로, 때론 미로.

잘 지내기로 한 약속은 이루어지지 않았다.

계속될 것 같던, 훈련과 기록 점검과 두려움과 벌과 체벌과 뒤이은 열패감의 시간은 어느 순간 사라졌다. 영이는 사격을 그만두었고 갑자기 주어진 시간 앞에서 당황해했다. 아무 일 없이 하루를 맞이하는 건 낯선 일이었고 시간을 보내는 법도 알지 못했다. 무료한 오후엔 조심스럽게 깨순이네 집 부근을 서성이기도 했지만 우정을 만회할 기회는 오지 않았다.

　어서 시간이 지나 텔레비전 프로그램이 시작되는 초저녁을 기다리다 보면 고등학교에 입학한 뒤 더 이상 사격부원이 아닌 상태에서, 한 번도 생각해본 적이 없는 상업고등학교의 교육과정을 온전히 따라갈 수 있을까 하는 걱정이 몰려왔고, 동시에 사격부를 그만두겠다고 말하는 용기가 돌연 어떻게 생긴 것인지 의아해했다.

　불과 며칠 전까지만 하더라도 영이는 처음 사격을 하게 되었을 때 그랬던 것처럼 다소는 무기력하게, 막연히 낙관적인 심정으로 다시 앞에 놓인 길을 걸었다. 중학교를 졸업한 다음 날 아침부터 유성여상으로 향했고 새로운 코치와 감독, 다른 학교에서 온, 분명 영이와 다르지 않을 형편없는 기록으로 선택의 폭이 좁았을 두 명의 아이를 만났다. 분명 권총 분야에서도 두각을 드러낼 것이 확실시되어 감독과 코치의 환대를 받은 현경도.

　시간의 추가 되돌려진 듯한 익숙한 생활에 영이는 보폭을 맞추었다. 새로운 학교 이름이 새겨진 트레이닝복으로 갈아입었고 사격장 청소와 체력단련, 사격연습과 기록 점검을 되풀이했다. 역시나 다를 게 없는 질시와 훈련이 이어진 뒤 기록지를 들고 무료급식소의 노숙자처럼 줄을 섰다. 누군가는 칭찬을 받고 누군가는 매를 맞는 가운데 다른 모든 일상과 마찬가지로 기록도 일상의 틀을 깨지 않았는데, 그건 중학교 때 그랬던 것처럼 모든 부원 중에서 영이가 가장 낮은 점수를 기록하고 질책의 중심에 서 있다는 뜻이었다.

좋은 일인지 나쁜 일인지 판단할 수 없는 변화도 있었다. 그건 지난 가을 목욕탕에서 피멍을 발견하게 된 뒤로 더 이상 체벌이 두렵지 않았고 통증에 무감해졌다는 사실이었다. 입학을 고작 일주일 앞두고 사격부를 그만두게 된 게 결코 저조한 기록이나 체벌 때문은 아니었다는 의미이다. 심지어 그날의 기록은 비교적 고무적이기까지 했다. 팔근육을 기르기 위해 체력단련을 하는 중에도 틈틈이 아령을 든 덕분인지 그날 영이는 종목을 바꾼 뒤 처음으로 권총이 무겁지 않다는 생각을 했다. 실제로 호흡을 멈추고 조준을 하는 10초 동안 손목은 부목처럼 단단하게 고정되어 있었고 당연히 총구도 흔들리지 않았다.

하위 기록을 낸, 영이와 같은 학교에서 온 아이도 부러워했고, 현경도 잘됐다며 말을 건넸다. 그렇다고 해서 그날 기록이 신입생 중 가장 뛰어났다는 뜻은 아니었고, 체벌 대신 칭찬을 받을만한 것도 아니었지만 내심 좋은 건 사실이었다. 뛰어나지도 않고, 지나치게 저조하지도 않아서 눈여겨보지 않는다면 지극히 평범한, 최소한 후보의 명단에는 올릴 수 있는, 자신이 딱 원하는 기록이기 때문이었다.

줄 끝에 선 영이는 모처럼 편안한 마음으로 순서를 기다렸다. 난데없이 새로 창단된 사격부 감독을 억지로 맡아 늘 화가 나 있는 체육 교사와 학생 기록을 곧 자신의 능력을 가늠하는 잣대로 여겨 늘 경직되어 있는 코치 앞에 선 아이들의 주눅 든 뒷모습을 바라보았다. 예상대로 소리를 지른 뒤, 기록 향상을 위해서 할 수 있는 건 오직 체벌뿐이라는 듯 번갈아 몽둥이를 휘두르는 두 남자를 보았다. 올가미에 걸린 초식동물처럼 쏟아지는 분노를 무기력하게 받아낸 뒤 놀랍게도 홀가분해하는 아이들의 표정을 무심히 살폈다. 그리고 자기 순서가 되었을 때 전혀 예상치 못한 말을 내뱉었다.

저 그만두고. 싶.어.요….

갑작스러운 말에 누구보다 놀란 건 영이 자신이었다. 자신을 흉내 낸 누군가 장난을 치는 건 아닌가 싶어 잠깐 주변을 살피기까지 했다. 주눅 들고 겁먹고 뛰어다니고 푸쉬업을 하는 어린 영이와 등록금, 특기 장학생이라는 명조체 글씨와 그 글씨를 받아들며 찌푸리거나 웃는 어머니의 얼굴이 슬라이드 필름처럼 스쳐 지나갔다. 영이는 자신의 말을 주워 담고 싶었다. 그만두고 싶은 마음은 굴뚝같았지만 적어도 이런 방식, 이런 시점은 아니었다. 동시에 설마, 감독과 코치가 자신의 말을 진심으로 받아들일까 하고 의구하며, 그렇다 하더라도 한 번쯤은 만류하지 않을까 희망했다.

늘 그렇듯 기대는 이루어지지 않았다. 그럼 그래라. 그럼 정리하고 해산하도록. 물끄러미 영이를 바라보던 감독이 짧게 대답한 뒤 자리에서 일어났다. 코치는 잠깐 영이의 머리를 쓰다듬은 뒤 금세 감독을 뒤따랐다. 아이들이 웅성대기 시작했다. 왜 그랬어. 누군가 달려와 물었지만 영이는 아무 말도 하지 못했다. 그리고 끝이었다. 별도의 상담이나 조치는 없었다. 당장 다음날 어찌해야 하나 싶어 전화기 앞을 서성거렸지만 연락은 오지 않았다.

2부

•

급사의 시간

11.

학교 수업이 끝나면 영이는 교실에 남아 망연히 운동장을 응시했다. 정문을 빠져나가는 아이들과 다시 들어서는 아이들로 운동장은 복잡하고 어수선했다. 하굣길의 아이들은 교정 가득 싱그러운 향을 풍기는 아카시아 꽃잎처럼 화사하게 나풀거리며 교문을 빠져나갔고 등굣길의 아이들은 피로감이 가득한 신발을 끌고 본관을 향해 걸어 들어왔다. 이후의 시간은 자석의 양극 같았다. 주간반은 시내로 몰려가 즉석떡볶이나 햄버거를 베어 물며 하루의 피곤함을 풀어낸 뒤 주산이나 부기학원으로 흩어졌고, 방직 공장의 공원, 공공기관이나 대학의 급사 노릇으로 지친 야간반은 책상에 앉아 먹먹해진 몸과 귀를 추스르느라 밀물처럼 몰려드는 졸음을 참아가며 실체가 분명하지 않은 희망의 한 꼭지를 잡기 위해 애썼다.

자신도 무엇이든 시작해야 한다는 생각을 하지 않은 것은 아니었지만 그 무엇이 무엇인지 영이는 알지 못했다. 국민학교 이후로 제대로 수업을 받아본 적이 없던 탓에, 성적은 우수하나 빈곤한 가정 형편 때문에, 혹은 여자라는 이유로 은행원이나 경리가 되기 위해 유성여상에 입학한 동급생들과 보폭을 맞추는 일은 누군가의 도움 없이는 가능하지 않은 일이었으나 도움을 줄 누군가가 누구인지는 알지 못했다. 누구의 눈에도 띄지 않는 영이에게 관심을 갖기에 교사들은 너무 바쁘거나 무관심했고, 마찬가지로 무관심한 데다 등록금 면제를 기정사실로 생각하는 부모도 '누구'는 아니었다. 그들에게 대학에 진학하기 위해, 혹은 주산이나 부기를 배우기 위해 별도의 수업비가 필요하다는 말을 할 수는 없는 노릇이었다.

모든 사실을 털어놓고 도움을 청할까 생각했던 날도 있었지만, 그런 마음이 들 때마다 마치 기다렸다는 듯 터지는, 숨겨놓은 빚이 있다는 갑작스러운 아버지의 선언, 집세 인상, 나날이 오르는 연탄 가격, 단속에 걸려 머리가 헝클어진 채 귀가한 어머니 앞에서 영이는 번번이 함구했고 어느 순간 아무 말도 하지 않는 게 익숙해졌다.

그런 이유로 이따금 아직 사격을 하는 동창이 찾아와 훈련에 대한 불평과 저조한 기록에 대한 푸념, 새로운 동기들에 대한 험담과 여전히 뛰어난 성적을 기록하고 있는 현경에 대한 질시를 늘어놓을 때마다 영이는 그때 묵묵히 훈련에만 매진했어야 한다는 후회에 휩싸였고, 혹시 자신의 몸

어딘가에 불운의 기운이 새겨진 것은 아닐까 하는 열패감에 시달렸다.

그러던 어느 날이었다. 1교시가 끝나자마자 달려와 새로 맞춘 여름용 트레이닝복과 회식자리에서 돼지불고기를 실컷 먹었다는 자랑을 늘어놓던 동창이 불쑥 생각났다는 듯 말했다.

근데 거기서 누구 봤는지 알아?

하고 싶은 말을 시작할 때 질문으로 운을 떼는 건, 그런 방법이 흥미를 유발한다고 믿는 그 아이의 지루한 화법이었다. 영이는 아무 말도 하지 않았다. 주산 수업에서 계산이 틀릴 때마다 교사에게 주판으로 긁힌 머리가 아팠을 뿐이었다.

종미 봤어, 김종미. 그 마녀.

….

감독님이 담배 사오라고 해서 식당 옆 가게에 갔는데 세상에 거기가 종미네더라고.

영이는 눈을 반짝이며 바싹 다가앉는 동창을 무심히 바라보았다. 영이가 기억하는 동창은 선배에게 지나치게 깍듯했던 아이였다. 살갑게 언니 소리도 잘하고 설탕을 두른 누룽지 튀김이나 막걸리 향이 은은한 찐빵을 가져와서 종종 체벌의 강도를 낮춰 받기도 했었는데 저토록 위악적인 말투로 이름을 부르는 게 낯설었다.

근데 걔도 알고 보니까 불쌍하더라.

동창이 갑자기 표정을 바꾸며 진절머리를 쳤다. 반응이 필요하다는 뜻이었다.

왜?

종미라니까 이제 조금 반응을 보이네. 하긴 너를 좀 괴롭혔냐. 완전 마녀가 따로 없었지.

반응에 만족한 동창이 이야기를 이어나갔다. 신이 나서 떠들다 나중에는 자신의 말에 심취된 듯, 같은 얘기를 되풀이했다.

설마.

진짜야. 완전히 복싱선수처럼 때리더라니까. 뭘 잘못했는지 돌대가리라고 막 욕하면서. 종미는 숨도 못 쉬고. 근데 더 웃긴 게 뭐였는 줄 알아?

?

걔네 아빠…. 가게 주인 말이야. 그 아저씨가 암말도 안 하는 거 있지.

못 들은 거 아닐까.

말도 안 돼. 바로 옆인데? 그러니까 나도 듣고 봤지. 암튼 키도 작은 게 선배라고 깝칠 때는 진짜 재수 없었는데 막상 그러는 거 보니까 조금 불쌍하더라. 근데 걔네 아빠 혹시 새아빠 아냐? 자기 딸이 그렇게 맞고 있는데 어떻게 가만히 있을 수 있지? 아 종 울리네? 에이. 다음 시간은 국사 꼰대라서 졸지도 못하게 하는데. 나 간다.

수업이 시작되었지만 영이는 집중하지 못했다. 종미를 안 본 지 1년이 훨씬 지났는데도 여전히 사격을 생각하면 형편없이 낮은 기록, 자신을 노려보던 사나운 눈초리, 위압적인 말투가 생생했다. 종미를 떠올리는 것만으로도 저절로 어깨가 움츠러들었다. 그런데 그토록 위압적인 종미가 점방 안쪽 방에서 오빠에게 맞고 발로 차였다는 게 믿기지 않았다.

동창은 그 뒤로도 자주 찾아와 이런저런 이야기를 꺼냈는데 현경에 관한 것도 그중 하나였다. 동창에 의하면 현경은 여전히 훌륭한 사수였고 짧은 가출을 했지만 잘 해결되었다. 그런데 여름방학이 시작될 즈음 또 사라졌는데 알고 보니 인천으로 전학을 간 거더라고 했다.

고등학교가 결정되던 날 잘 지내보자며 웃던 현경을 영이는 문득 떠올렸다. 그 아이가 내민 손을 맞잡으며 정말 그렇게 되면 좋겠다고 생각했던 자신의 마음도 기억해냈다. 그러나 약속은 지켜지지 않았다. 사격을 계속했다면 잘 지낼 수 있었을까, 생각했지만 그날 이후 다시 무표정해진 그 아이를 떠올리니 그랬을 것 같지도 않았다. 어쩌다 걷고 있는 그 아이를 보았을 때 다가가 아는 체를 하지 않은 것도 그래서였고, 어쩌면 그 아이도 그랬을 것 같았다. 그런데 전학을 갔다니 왜인지 모르게 섭섭했다.

근데 왜인 줄 알아?

동창이 갑자기 말을 멈추었다. 영이는 다음 말을 기다렸다. 악의적인 표정으로 보아 좋은 말이 나올 리 만무했지만 이유가 무엇인지 궁금했다.

알고 보니 걔도 별거 아니더라고.

동창이 만족한 표정으로 이야기를 이어나갔다. 열을 올리며 룸싸롱, 술집 여자, 아버지, 바람, 사생아 따위의, 언젠가 현경이 가출했을 때 떠돌던 소문들과 다르지 않은 말들을 여과 없이 쏟아내었다.

그러니 그 부인이 얼마나 열 받았겠어. 현경이 새엄마 말이야. 남편 바람피운 것도 화가 나는 데 첩 자식까지 속을 썩이니 말이야. 그래서 진짜 엄마한테 보냈다나 봐. 이건 진짜야.

영이가 아무 대꾸도 하지 않자 자기 말을 못 믿는다고 생각한 동창의 목소리가 커졌다. 자극적인 말에 주변 아이들이 관심을 갖는 게 느껴졌다.

그런 주제에 걔는 왜 그렇게 도도했대.

팔짱을 끼며 입술을 삐죽이는 동창을 영이는 바라보았다. 어서 수업 종이 울려서 이 아이가 가버렸으면 싶었다.

현경을 둘러싼 소문은 사격부에서 끝나지 않았다. 며칠 만에 모든 아이들이 알게 되었고 이런저런 경로를 거쳐 동창의 말이 과장도 거짓도 아닌 사실임이 밝혀졌다. 뜻밖의 가십거리를 접하게 된 아이들은 점점 더 자극적인 정보를 주고받으며 여기저기서 수군거렸다. 현경의 무표정을 영이는 비로소 이해할 수 있을 것 같았다.

동창은 그 뒤로도 사격부 주변의 일들에 대해 수다를 늘어놓았다. 영이는 그 아이의 방문이 반갑지 않았다. 그 아이가 전하는 이야기는 나쁘고 힘들었던 기억을 떠올리게 할 뿐이었다. 그러나 사실은 너의 이야기에 관심이 없어. 아무 얘기도 듣고 싶지 않아, 라고 말하지 못한 탓에 한 학기 내내 지루한 수다를 감내해야 했다.

2학기가 되면서 다행히 방문이 뜸해졌다. 권총 기록이 향상된 동창은 원하는 대로 젊은 코치의 애정 어린 기대를 받게 되었고 동기들과의 갈등을 끝낸 뒤 변덕스럽고 과장된 우정을 나누기 시작했다. 만화 캐릭터가 그려진 엽서를 주고받는 특별한 관계망에 안착하게 되자 돌연 영이의 무덤덤한 반응을 발견하고 답답해하다 짜증을 내더니 어느 순간 나타나지 않았다. 설사 변덕을 부리지 않았다 하더라도 만남이 계속될 수는 없었다. 영이가 등교 시간을 오후 5시로 바꾸었기 때문이었다.

12.

영이가 선옥과 만난 건 아카시아 향기가 가득한 오월이었다.

방과 후 야간반 학생들이 하나둘 들어서는 것도 모르고 창밖을 내다보는 영이를 누군가 톡톡 쳤다. 분홍과 검정이 가로로 그어진 질 낮은 면 티셔츠를 입고 있어서인지 잔뜩 부푼 밀가루 반죽처럼 보이는 통통한 여자아이가 웃고 있었다. 장선옥이라 새겨진 이름표가 왼쪽 가슴에 달려 있었다. 영이는 미안하다며, 서둘러 일어났다. 괜찮아, 내가 일찍 온 거야. 선옥이 해죽 웃으며 말했다.

선옥은 늘 책상을 깨끗하게 비워두어서 고맙다고 했다. 나도 마찬가지야. 영이도 대답했다. 그 순간 둘은 물감이 섞이듯 급속한 친밀감을 느꼈다. 영이로선 처음 느껴보는 낯선 감정이어서 배를 탄 듯 명치 안쪽에서 울렁증이 느껴질 정도였다. 영이는 선옥의 녹진한 사투리 억양, 좀처럼 바뀌지 않는 외출복, 원을 정확히 갈라놓은 듯한 짧은 단발이 좋았다.

시간이 흐르면서 영이는 자신의 이야기와 감정들을 선옥에게 드문드문 꺼내놓았다. 그러면 선옥도 명랑하고 활기찬 목소리로 얘기를 시작했다. 시골에서 자란 덕분에 익숙한 노동, 심부름 중 막걸리를 몰래 마시고 바라본 청량한 겨울 하늘, 비록 한 학년이 세 반밖에 되지 않는 작은 중학교였지만 졸업 때 성적우수상을 탔던 일, 그래서 부모의 격렬한 반대에도 고향을 떠나 낯선 도시에서 살게 된 일, 스스로 밥과 빨래를 할 때 냉기로 벌겋게 달아오른 손가락, 등록금과 자취비와 용돈 액수, 중학교와 달리 처참했던 중간고사 성적에 대해 들려주었다.

내용에 따른 적절한 추임새, 예를 들면 무거운 물건을 들 때 허리에 힘을 주는 방법, 막걸리에 취했을 때 눈동자를 굴리고 혀를 내미는 선옥의 표정은 경쾌하고 발랄했다. 선옥이 낮은 성적과 자취비 때문에 일찌감치 학적을 야간으로 옮겼고 취업담당 교사가 추천해준 대학교에서 급사로 일하게 된 덕분에 단숨에 야간반에서 중학교 때의 영광을 재현했음과 동시에 자취비에 대한 걱정도 일거에 날려버렸다는 이야기를 했을 때 영이는 모든 고난과 역경을 이겨낸 명랑만화 주인공을 본 듯한 쾌감을 느꼈다. 앞에 놓인 장애물을 대하는 선옥의 방식은 실로 영민하고 명쾌해서 이 방식대로라면 회색빛으로 가득한 삶도 이 아이가 즐겨 입는 진분홍 티셔츠처럼 환해질 것 같았다.

영이가 학적 이동을 진지하게 고민한 게 이날부터였는데 결정을 하기까지는 오랜 시간이 필요하지 않았다. 여름방학을 앞둔 어느 날 조금 일찍 도착한 선옥과 책 읽는 소녀상 앞에 앉아 멜론 아이스크림을 먹을 때였다. 같이 일하던 급사 아이가 갑자기 그만두었는데 이왕이면 말이 통하는 친구가 오면 좋겠다고 선옥이 말했다. 그 말을 들은 순간 영이는 자기가 그 소식을 기다리고 있었다는 사실을 깨달았다.

내가 가도 될까?

네가?

영이의 눈동자를 물끄러미 바라보던 선옥이 이윽고 환하게 웃었다.

네가 오면 나는 너무 좋지. 당장 내일 조교님한테 부탁할게.

모든 일이 일사천리로 진행되었다. 선옥이 학과의 허락을 받았고 영이는 그날 저녁 어머니에게 그 사실을 통고했다. 사실은 진작에 사격부를 그만두었고, 성적관리와 취업을 위해 야간으로 학적을 옮기겠다는 말에도 어머니는 놀라지 않았다. 혹여 반대를 하지 않을까 걱정하던 영이로선 다행스러운 일이 아닐 수 없었지만 막상 그렇게 하라는 말을 듣고 일어나려니 돌연 외로움이 몰려왔다. 아버지라면 혹시 다른 말을 할지도 몰랐지만 공갈빵을 베어 문 듯한 공허함은 마찬가지일 거였다. 담임과의 면담도 길게 진행되지 않았다. 영이의 1학기 성적을 확인한 교사는 단박에 허약한 학업 기초를 파악했고, 특기생이었다는 말에 수긍하듯 고개를 끄덕였다.

일주일 뒤 영이는 예상보다 훨씬 많은 변화 속에 놓이게 되었다. 같은 학교, 같은 교실이었지만 주간반과 야간반이 속한 세계의 차이는 명확했다. 어느 날 등굣길에서 영이는 주간 학생의 차가운 시선을 받게 되었는데 입학 이후 늘 달고 다니던 학교 배지 때문이었다. 그러고 보니 엄격한 주간과 달리 야간반은 학교 배지를 검사하지 않았고 착용을 하는 아이도 거의 없었다.

아이들은 수업 내내 졸거나 마침내 엎드려 자기 일쑤였지만 교사들은 집중을 강요하지 않았다. 대부분 비슷한 분위기의 주간반과 달리 야간반 아이들은 제멋대로 자란 들풀 같았다. 화장을 한 아이가 자주 눈에 뜨였고 사용하는 단어도 성숙했다. 쉬는 시간엔 존재를 과시하려는 듯 사장, 월급, 담배, 술, 키스, 섹스, 임신, 첩 등의 단어들을 요란하게 내뱉었다. 여전히 촌티를 벗어나지 못한, 그래서 상대적으로 더 미숙해 보이는 아이들은 조용히 필담을 나누거나 혼자 그림을 그리거나 그도 아니면 멍한 표정으로 창밖을 내다보았다. 몇몇은 쉬는 시간 틈틈이 부기 문제를 풀거나 주산 연습을 했다. 그중 어디에도 들어갈 틈은 나지 않았지만 같이 퇴근을 한 뒤 나란히 등교를 하는 선옥 덕분에 영이는 외롭지 않았다.

오히려 영이는 온전히 마음을 열고 이야기를 나눌 친구가 있다는 사실에 감사함을 느꼈다. 내면의 소소한 고민을 늘어놓고, 헛헛함과 외로움을 표현하는 일, 고민을 들어주고 함께 해결을 모색하는 일, 휴일이면 성심당에 나란히 앉아 튀김소보로를 나눠 먹는 일, 선옥의 자취방에서 김치 부침개를 만들어 먹는 일에 행복감을 느꼈다.

그리고 9월의 첫 번째 월요일, 영이는 우남대학교 문과대 앞에 도착했다. 건물로 들어가기 전, 햇빛에 반사되어 반짝거리는 석조 건물의 문양을 바라보며 심호흡을 했다. 안으로 들어서자 바깥과 다른 서늘한 공기가 기다렸다는 듯 몰려왔다.

선옥을 따라 영이는 계단을 올랐다. 3층에 도착하자 넓고 긴 복도가 펼쳐졌다. 영이는 천천히 복도를 걸으며 강의실 풍경을 훔쳐보았다. 강의에 열중하는 교수의 모습이 눈에 들어왔다. 모던보이, 경성, 산책, 모더니즘. 낯선 단어들이 헐렁한 창문 틈으로 새어 나왔다. 이국의 과일 향을 맡는 느낌이었다. 어지럽고 달콤했다. 이윽고 영문학과라 쓰인 견출지 모양의 아크릴 푯말이 눈에 들어왔다.

선옥의 말 그대로였다. 조교는 친절하고 다정했다. 자기는 석사생이고 휴학 중이니, 너무 어려워하지 말고 오빠처럼 편하게 대하면 된다며 영이의 긴장을 풀어주려 했다. 출근 후 과사무실과 네 곳의 교수 연구실을 간단하게 청소하는 것, 물걸레질은 일주일에 한 번만 해도 된다는 것, 우편물을 정리하는 것도 선옥의 말과 같았다. 별다른 일이 없을 때는 굳이 일을 찾지 말고 자리에 앉아 공부를 하고 혹시 모르는 거 있으면 얼마든지 물어보라는 것도 선옥의 말대로였다.

13.

새로운 생활이 영이는 마음에 들었다. 끝없는 고난과 역경의 드라마 같던 사격부와 달리 급사의 시간은 부드럽고 달콤한 카스테라를 먹는 듯했다. 두 개의 일을 소화해야 하고 그래서 10시가 넘어서야 겨우 집에 들어갔지만 상관없었다. 잡다한 심부름 때문에 피곤할 때도 있었지만 그도 좋았다. 영이는 캠퍼스의 잘 정돈된 길과 초록빛 식물이 만발한 화단 사이를 걷는 게 좋았다. 본관에 가기 위해서 지나쳐야 하는 미대 광장에 설치된 작품들과 음대를 지날 때마다 들려오는 악기 튜닝 소리도 좋았다. 구호를 외치는 학생들과 왜인지 비장한 마음이 들게 하는 북소리도 좋았다. 고풍스러운 건물과 잔디에 앉아 기타를 치며 노래를 부르거나 그 옆에 앉아서 무언가에 대해 열심히 토론하는 학생들, 어쩐지 진지한 표정으로 천천히 걷는 교수들, 내리쬐는 햇빛, 출근 시간마다 들려오는 대학생 아나운서의 은은한 음성, 계절마다 색깔이 바뀌는 나뭇잎들, 그리고 점심시간이면 선옥과 나란히 벤치에 앉아 도시락이나 삶은 계란을 먹는 것, 그 모든 게 행복했다.

영이는 책을 읽기 시작했다. 선옥도 책 읽기를 좋아했다. 둘은 1학년 때 읽었던 『꼭지꼭지』에 대해서 이야기했다. 그러던 어느 날이었다.

너는 무슨 요일에 태어났어?

전혀 생각해보지 않았던 뜬금없는 말에 영이는 고개를 갸웃거렸다.

잘 모르는데. 너는 알아?

응, 화요일. 화요일의 아이는 의젓하대. 하지만 난 싫어. 난 목요일이나 금요일의 아이이고 싶어…. 이거 한 번 읽어 봐, 엄청 재밌어.

『목요일의 아이』. 선옥이 내민 책의 제목이었다.

월요일의 아이는 이쁘고요, 화요일의 아이는 의젓하고요, 수요일의 아이는 수심이 가득, 목요일의 아이는 길을 떠나고, 금요일의 아이는 사랑스럽고, 토요일의 아이는 고생이 많아. 일요일에 태어난 꼬마 아이는 귀엽고 명랑하고 싹싹하지요.

사흘 뒤 책을 덮으며 영이는 조용히 읊조렸다. 따져보니 자신이 태어난 요일은 수요일이었다. 소설 속의 글귀일 뿐인데도 영이는 자신의 탄생 요일이 태어나기 전에 이미 예고되어 있는 운명처럼 느껴졌다.

무슨 책이야?

갑자기 느껴지는 기척에 영이는 깜짝 놀라 일어났다. 회의에 갔던 조교가 어느 틈에 와 있었다.

왜 그렇게 놀라, 내가 다 놀랐네. 본부에서 받아온 공문은 어디에 뒀어?

영이는 그제야 조교의 말을 기억하고 당황했다.

죄, 죄송해요.

죄송하긴. 퇴근하기 전에만 가져다 놓으면 되는데 뭐. 그나저나 영이 책 보는 거 좋아하는구나.

….

그럼 좋은 책 좀 빌려줘야겠는걸. 이거 한번 읽어볼래? 조금 어려우려나?

어? 이거?

왜? 읽은 책이야?

조교가 내민 책을 보는 순간 신경질적으로 코르셋을 동여매는 스칼렛 오하라의 아름다운 얼굴이, 그녀와 격정적으로 키스를 하는 레트 버틀러의 모습이 떠올랐다.

그게 아니고…. 이거 만화책 아니에요?

영이의 말에 조교가 어리둥절해했다.

만화?

네, 만화요. 스무 권짜리요….

그래? 이게 만화로 나왔구나. 신기하네. 그나저나 우리 영이 대단한데?

과한 칭찬에 영이는 아무 말도 하지 않았다. 그 만화를 열심히 본 건, 스칼렛의 잘록한 허리와 무수한 키스 장면 때문일 뿐이었다.

그럼 이거 읽어볼까?

한참 책장을 들여다보던 조교가 또 한 권을 내밀었다. 『롤리타』. 어쩐지 말랑말랑한 젤리를 연상하게 하는 제목에 관심이 갔지만 선뜻 받기가 꺼려졌다. 의미는 파악하지 못한 채 키스 장면 따위에나 마음을 빼앗겨 자신의 저급한 수준을 확인하고 조교를 실망시킬까 두려웠다.

내가 진짜 좋아하는 책이거든. 영이도 틀림없이 재미있게 읽을 거야. 자 그럼 퇴근하고 얼른 학교 가서. 공문은 내가 받아올 테니까.

조교가 영이를 책상 앞으로 돌려세웠다. 어깨를 감싼 팔이 부담스러웠지만 다정한 조교에게 불편하다는 말을 할 수는 없었다. 영이는 가방을 챙겼다. 때마침 노크 소리가 났고 선옥이 문을 열었다.

둘은 현관을 나섰다. 서쪽 유리창에 부딪혀 노랗게 부서지는 귤빛 가을 햇살이 눈에 들어왔다. 그 틈으로 보이는, 두꺼운 전공 책을 들고 분주히 움직이는 대학생들의 모습은 눈부시게 아름다웠다. 영이는 책가방 한쪽에 넣어 놓은, 영문학과 학생들이 읽을 법한, 분명 자신은 이해하지 못할 가능성이 큰 책, 『롤리타』를 떠올렸다. 문득, 자신도 아무 벤치에나 앉아서 책을 읽고 누군가와 이야기를 나눌 수 있다면 얼마나 좋을까 하는 생각이 들었지만…. 가능하지 않은 일이었다.

늘 그랬듯 둘은 정경대 사잇길로 향했다. 사잇길을 지나면 정문으로 이어지는 호젓한 오솔길이 펼쳐졌다. 그곳을 걸으며 도란도란 이야기를 나누는 건 두 사람이 가장 좋아하는 일이었다.

그래서 너는 어떻게 할 거야?

바닥에 떨어진 플라타너스 잎을 밟으며 선옥이 물었다. 야간반 아이들은 3학년 1학기가 시작되면 대부분 제대로 일을 시작하는 게 관례였고 그렇게 하기 위해서는 겨울방학에 본격적으로 취업 준비를 해야 하는데, 그걸 묻는 거였다.

글쎄…. 너는 어떻게 할 건데?

나는 내년 1월까지만 하려고. 이번에 주산이랑 타자 시험도 다시 보고 자격증 따면 진짜 취직해야지.

선옥은 플라타너스 잎이 쌓인 쪽으로 짧은 다리를 폴짝거렸다. 그럴 때마다 바싹 마른 잎이 부서지는 소리가 경쾌하게 퍼졌다. 찰랑대는 단발머리 때문에 선옥은 고난을 이기고 밝은 미래로 나아가는 명랑만화의 주인공처럼 촌스러우면서도 밝았다. 영이가 알기에 선옥은 일을 하면서도 틈틈이 공부해 주산과 부기, 타자 3급 자격증까지 딴 상태였다. 그런데 또 시험을 본다는 건 주간반도 힘들어하는 주산

2급과 타자 2급에 도전한다는 뜻이었다. 작은 몸 어디에 그런 에너지가 있는 건지 영이는 부럽기만 할 뿐이었다.

나 있잖아. 취직해서 우선 내 동생 고등학교까지 졸업시켜준 다음에는 다시 이 학교에 올 거야. 그때는 급사가 아니라 정식 대학생으로. 좋은 회사에 들어가면 야간대학에 다닐 수 있도록 퇴근도 일찍 시켜준대.

대학에 갈 거라고?

응. 엄마한테 얘기했더니 그러라고 하셨어.

아버지는? 너 고등학교도 못 가게 하셨다며.

어차피 야간대학에 갈 거니까 아버지 모르게 해야지.

영이는 걸음을 멈추었다. 전혀 생각지 못했던 일이었다. 선옥과 자기가 대학생이 된다는 건 이때까지 보았던 그 어떤 만화나 소설보다도 멋지고 짜릿한 결말이었다. 가능한 일이 아니라는 걸 알면서도 『바람과 함께 사라지다』나 『롤리타』를 옆구리에 끼고 교정을 걷는 자신의 모습이 환상처럼 눈에 보이는 듯했다. 영이야 너도 나랑 같이 공부하자 응? 영이는 선옥을 바라보았다. 든든했다. 이 아이와 함께라면 불가능한 일이 없을 것 같았다.

그럼 우리 꼭 같이 대학 가는 거다. 어, 버스다!

학교 앞으로 가는 버스가 멀리서 오고 있었다. 둘은 서둘러 달렸다. 허공에 머물러 있던 찬 공기가 마스크처럼 얼굴을 덮었다. 정류장에 먼저 도착한 뒤 영이는 발그레한 얼굴로 달려오는 선옥을 기다렸다. 빨리 와, 빨리. 두 손을 모으고 영이는 모처럼 크게 말했다. 바삭거리는 나뭇잎, 차고 투명한 가을의 공기, 롤리타, 대학, 그리고 영원히 함께하고 싶은 선옥 때문이었다.

14.

깨순이를 본 건 버스에 올라탄 뒤였다. 그 아이는 소리를 지르며 정문 쪽에서 달려오는 대학생들과 함께 있었다. 파마와 화장을 하고 핸드백을 메고 두꺼운 책을 들고 짧은 치마 아래로 날씨와 어울리지 않게 살이 비치는 검정색 스타킹을 신고 있었지만 분명 깨순이였다. 무리와 서로 치고받으며 과장되게 낄낄대는 위악적인 모습이 예전과 다르지 않았다.

저 언니는 대학생 같지 않게 완전 날라리네.

선옥이 고개를 갸웃거렸다.

어떻게 여기에 있는 걸까. 아직 방통고를 다니는 걸까.

두서없는 궁금증이 머릿속을 떠돌았다. 기다렸다는 듯 자기 아버지 장례식장에서 큰소리로 떠들던 깨순이의 표정이 떠올랐다.

그날 영이가 집에 도착한 건 11시가 다 되었을 때였다. 술주정뱅이들의 고함과 개 짖는 소리가 아니라면 묘지처럼 조용할 시간이었다. 그러나 그날따라 불을 밝힌 집이 많았고 사람들이 요란하게 비탈을 오르내리고 있었다. 대부분 얼굴이 불콰했고 목소리들이 컸다. 개중에 영이를 알아본 몇이 말을 걸어왔다. 영이 이제 오냐. 네 아부지 많이 취했다. 네가 학교 다니면서 돈도 번담서, 잘했다 잘했어. 뜬금없이 깨순이 얘기를 하는 사람도 있었다. 네가 성숙이랑 친구지? 야 불쌍해서 어쩌냐 잘해줘라. 아따 불쌍하긴 뭐가 불쌍혀, 차라리 잘 됐지. 아 왜 자꾸 건드린댜. 썩 못 치워. 손모가지를 분질러 버릴랑께. 아따 비싸게 구네. 알 수 없는 이야기를 늘어놓은 뒤 그들은 음탕한 말을 주고받으며 이내 길을 내려갔다.

깨순에게 무슨 일이 생긴 것일까. 의문과 동시에 그렇다면 어찌해야 하나 하는 걱정이 밀려왔다. 팔짱을 끼고 막 대문을 나서던 주인 여자와 마주친 건 다행스러운 일이었다. 영이 오냐. 너도 같이 가자. 어머니랑 아부지도 저기 있어. 깨순이와의 소원한 관계를 알 리 없는 그녀가 어깨를 밀었다. 영이는 못 이기는 체 발걸음을 옮겼다.

깨순이네 마당이 그처럼 북적이는 건 처음 있는 광경이었다. 대낮처럼 환한 불빛과 넓은 차양, 명절에나 맡을 법한 고소한 기름 냄새와 간간이 새어 나오는 웃음소리, 나뭇잎이 말라가는 늦가을의 싱그러운 밤공기. 흡사 잔치가 벌어진 듯했다.

영이는 한탄하고 웃고, 고스톱을 치는 사람들 틈에서 큰소리로 떠들고 있는 불쾌한 아버지를 보고 고개를 돌렸다. 어디에 있는지 깨순은 보이지 않았다. 대신 낯선 사람들이 서둘러 마루로 오르는 게 눈에 들어왔다. 수순처럼 곡소리가 울려 퍼졌고 짧은 순간 사람들이 마루를 주시했다. 성숙이 큰아버지가 왔나 보네. 누군가 내뱉은 짧은 말을 신호로 마당이 다시 소란스러워졌다.

영이는 마루의 풍경을 물끄러미 바라보았다. 영정 사진 속의 깨순이 아버지는 평소와 전혀 달랐다. 수줍게 웃는 얼굴에는 가족을 하루가 멀게 공포로 몰아넣는 폭력적인 모습이 전혀 보이지 않았다. 아이고 아이고 나는 이제 어찌 살라고. 엉망으로 헝클어진 머리를 흔들며, 상복 차림의 깨순이 어머니가 가슴을 쥐어뜯자 맞절을 하던 사람들이 후렴을 하듯 동시에 아이고를 외치며 엎어졌다.

괴이한 풍경이었다. 할당된 배역을 충실히 수행하는 연극배우들 같았다. 깨순이 어머니는 목이 터지는 것은 아닐까 싶게 곡을 했고, 죽은 동생과 놀랍도록 닮은, 피부 빛이 변하고 주독이 든 코로 보아 삶의 방식 또한 다르지 않은 것처럼 짐작되는 중년 남자도 연신 팔복아, 불쌍한 팔복아를 외치며 울부짖었다. 안팔복. 처음 알게 된 깨순이 아버지 이름을 되뇌며 영이는 마당을 빠져나왔다.

깨순이는 공터에 있었다. 어렸을 때 종종 모여 줄넘기나 훌라후프를 하던 곳이었다. 느티나무 아래에서 낯선 아이들과 나란히 앉아 경솔한 음성으로 킥킥대는 깨순이를 발견하고 영이는 그 자리에 섰다. 시간이 많이 흘렀지만 깨순이는 그다지 변한 게 없어 보였다. 상복 차림이어서인지 조금 수척해 보일 뿐이었다. 영이는 문득, 고등학교 합격자 발표 날 우연히 마주친 뒤로 지난 2년 동안 한 번도 본 적이 없다는 사실을 떠올렸다. 학교생활과 일을 병행하느라 귀가 시간이 늦다는 사실을 감안하더라도 불과 10미터도 되지 않는 곳에 이웃한다는 사실을 생각해보면 부자연스러운 일이었다.

못 본 사이에 깨순이가 많이 변했다는 소식을 이미 여러 사람에게 들은 터였다. 화장이 진해지고 조심성이 없어졌고 어른과 마주쳤을 때 인사를 하지 않고 밤늦도록 불량배들과 어울려 다닌다든가 하는 얘기였다. 합격자 발표가 있던 그 날도 영이는 훈련을 마친 뒤 지친 발걸음으로 비탈을 오르고 있었다. 그때 맞은 편에서 깨순이가 걸어왔다. 깨순아. 영이는 그전까지의 어색했던 감정을 깜빡 잊고 손을 흔들었다. 우울하던 차에 얼굴을 보니 와락 반가움이 몰려온 탓이었다. 그러나 잠깐 걸음을 멈추는 듯하던 깨순이는 이내 영이를 지나쳐 가버렸다.

깨순이의 행동을 이해하게 된 건 그 아이가 방송통신고에 지원했다는 말을 들은 뒤였다. 그 사실을 알게 되었을 때 영이는 많이 놀랐다. 취한 아버지를 피해, 무덤가에 앉아 있던 밤에도 자기는 꼭 고등학교에 갈 거라고, 절대 오빠처럼 살지 않겠다고 다짐하던 깨순이가 아닌가. 그러나 뒤이어 떠오른 생각에 이내 고개를 끄덕였다. 그 아이의 아버지라면 딸의 진학을 충분히 반대했을 것 같았다.

그는 아들 성철이 자신의 말을 거역하고 공고 대신 인문계를 지원하자 성철을 중학교 졸업과 동시에 외곽의 주물공장에 취직시켜 버렸다. 1년 뒤 무쇠솥을 만들기 위한 쇳물에 실수로 오른손을 녹였다는 소식을 듣고 노발대발하며 달려갔지만 별 소득 없이 아들의 왼손을 끌고 돌아왔을 뿐이었다. 보상금을 술값으로 썼고 더욱 심하게 주사를 부렸다. 술에 취해 직성이 풀릴 때까지 아내를 패다 아무 데나 누워 잠들었다. 그에 의하면 아내의 죄는 차고도 넘쳐 맞아 죽지 않은 걸 감사해야 했는데, 쌀을 제대로 씻지 않아 밥에서 돌이 나오도록 했고, 아들이 인문계를 쓰도록 방치했고, 그 이전에 아비의 말도 듣지 않는 후레자식으로 길렀다는 이유였다. 졸지에 한손잡이가 된 성철은 꼬박 한 달간을 두문불출하다 마루에 걸려있던 거울을 박살 낸 뒤 핏자국을 남기고 사라졌다.

그 모든 일들을 겪으면서도 깨순이는 영이를 찾지 않았다. 그랬는데 지금이라고 반가워할까. 어떻게 해야 할지 영이는 판단이 서지 않았다. 지금이라도 당장 달려가고 싶은 마음과 2년 전처럼 자신을 외면하면 어쩌나 하는 의구심 사이에서 머뭇거렸다. 그때 한 아이가 영이를 바라보았고 그

걸 신호로 무리가 엉덩이를 털며 일어났다. 자기를 바라보는 눈빛이 호의적이지 않다는 게 어둠 속에서도 느껴졌다.

어이 성숙, 그럼 장례 끝나고 보자. 아버지 잘 보내드리고.

어른 흉내를 낸 뒤 아이들은 영이를 지나쳤다. 짧은 순간 영이를 훑어보았고 불량한 표정으로 침을 뱉었다. 아이들의 모습이 보이지 않자 깨순이는 영이를 외면한 채 이내 자기 집 마당으로 향했다.

장례를 마친 뒤 얼마 되지 않아 깨순이네는 마을을 떠났다. 어엿한 마당과 옥상이 있고 방이 두 개인 집을 샀다고 했다. 음주 운전 사고를 낸 청년은 영이도 타본 적이 있는 버스 회사의 외동아들이었고 사실은 무면허 상태였고 이미 여러 번의 전력이 있어 합의가 안 되면 꼼짝없이 감옥 신세를 져야 했다. 청년은 아버지의 능력을 빌려 그 모든 불리한 상황을 거액의 목돈으로 해결했다. 깨순이 가족은 덕분에 밤낮없는 폭력과 욕설과 오줌 냄새로 가득한 마을로부터 멀어질 수 있었다.

영이는 깨순이 없는 동네가 오랫동안 낯설고 어색했다. 온 마을이 텅 빈 것 같았다. 인사도 하지 않는 데면데면한 관계가 되었고 다른 사람을 통해서 소식을 알게 될 정도로

소원해졌지만 비탈길을 오르다 보면 자연스럽게 비어있는 깨순이의 집이 먼저 떠올랐고 기다렸던 것처럼 가슴 한쪽으로 허전함이 일렁였다. 나중에 누군가 이사를 온 뒤에도 어릴 때부터 드나들던 그곳이 아무도 살지 않는 폐허가 되어 버린 듯 쓸쓸했다. 새로운 이웃을 무심하게 바라볼 수 있게 된 게 얼마 되지 않았는데…. 어쩐지 마음이 뒤숭숭했다.

선옥의 계획을 들은 뒤 자신 역시 구체적으로 미래를 그려 보리라 먹었던 마음도 흐지부지해져 버리고 말았다. 어쩐지 모든 게 의미 없고 시시하게 느껴졌다. 영이는 깨순이의 부재를 우울하게 받아들이면서도 내심 응원했다. 주정뱅이가 사라졌으니 깨순이 어머니는 더 이상 퍼렇게 멍든 얼굴 때문에 주눅 들지 않아도 되고 깨순이 역시 신문지에 만 칼을 쥐고 공동묘지를 찾지 않아도 될 터였기 때문이었다. 어쩌면 야간고등학교에 입학하게 될지도 모른다고 생각했다. 하지만 깨순이의 옷차림이 그렇지 않음을 증명해주고 있었다.

15.

시간은 빠르게 기화되었다. 아침에 눈을 뜨면 도시락을

싸서 집을 나섰고, 7시 50분에 출발하는 버스를 탔다. 정확히 8시 40분에 출근하자마자 관리실에 가서 준비해간 통에 석유를 받아 자바라를 이용해 네 개의 연구실과 과 사무실에 골고루 채워 두고 난로를 켰다. 실내 온도를 높이는 동안 석유 심지가 타는 냄새를 빼기 위해 잠깐 창문을 열고, 물을 채운 주전자를 난로에 올려두었고, 청소를 했다. 일주일에 한 번씩 연구실 화분에 물을 주었고 신문지를 구겨 유리창을 닦았고, 본부에서 우편물을 가져와 각각 정리했다. 점심시간이 되면 선옥과 나란히 앉아 도시락을 먹었다.

오후가 되면 본부에서 공문을 가져왔다. 교수들의 심부름, 이를테면 우체국에서 돈을 찾고 우편물을 부치고, 담배를 사다 주고, 복사를 하는 등의 일을 처리했다. 틈이 나면 과 사무실 한쪽에 앉아 숙제를 하거나 곧 있을 자격증 시험을 위해 주산 문제를 풀었다. 그러다 난로가 뿜어내는 열기와 피곤이 한데 엉켜 화학작용을 일으키면 창가에 머리를 기댄 채 잠깐 졸다 조교가 따라준 따뜻한 보리차를 마시기도 했다.

한 치의 오차도 없이 돌아가는 일상은 마치 테트리스 게임 같았다. 무료한 오후에 조교가 종종 하는 테트리스 게임은 블록의 비워진 틈을 끊임없이 메워야 견고하게 쌓인 벽이 하나씩 사라졌는데 자칫 틈을 채우지 못하면 한여름 우박처럼 쏟아진 블록이 금시에 화면을 메워버렸다.

그런 의미에서 주어진 분량의 블록을 매일 차근차근 비워 나가는 영이는 제법 숙련된 게이머였지만, 블록의 모양을 아주 잠깐 착각하는 바람에 버튼을 잘못 누르거나, 허물어진 서류 더미 때문에 순식간에 틈이 막혀 게임오버되는 순간이 어쩔 수 없이 오는 것처럼, 능숙하게 일을 처리하는 중에 드물게 오류가 생기기도 했다. 이를테면 평소라면 일어나지 않았을 크리스마스 전날의 일이 그런 경우였다.

그날따라 좋은 일이 많이 일어났다. 오후가 되자 무채색 하늘에서 눈이 쏟아졌다. 함박눈이었다. 온 세상을 덮어버릴 듯한 눈을 영이는 홀린 듯 바라보았다. 날씨가 추워지면서 초라하게 헐벗은 잔디밭이 솜사탕을 깔아놓은 듯 몽글몽글해졌고 크리스마스트리와 그 옆의 흑색 나뭇가지 위에도 개화하듯 눈꽃이 피었다. 주전자에서 나오는 따뜻한 수증기가 창문을 희미하게 덮었고 라디오에서는 캐럴이 흘러나왔다.

책상 위엔 포장지에 싸인 하얀 앙고라 장갑이 놓여 있었다. 태어나 처음으로 받은 크리스마스 선물이었다. 청소를 하려고 연구실에 들어서자 차를 마시던 학과장이 은박 포장지로 싼 무언가를 불쑥 내밀었다. 영이에게는 크리스마스나 생일 따위에 선물을 받아본 기억이 없었다. 때문에 영이는 어색하고 불편해서 어쩔 줄 몰라 했고 교수가 어깨를 토닥일 때도 자라처럼 목을 움츠리기만 했다. 과사무실로 돌아와서야 겨우 교수가 한 말을 조용히 되뇌었을 뿐이었다, 메리 크리스마스.

그뿐 아니었다. 월급 통장엔 평소보다 세 배에 가까운 숫자가 찍혔다. 매년 12월에는 꼬박 사흘 동안 저녁 늦게까지 입학 업무를 담당한 직원들과 조교들에게 특별한 보너스가 지급되었는데 올해에는 높은 경쟁률로 인지대 수입이 크게 늘었고, 재정에 여유가 생긴 학교 측에서 업무를 도운 급사들에게도 특별 보너스를 지급했기 때문이었다.

처음 가져보는 큰 금액에 영이는 설렘을 감추지 못했다. 월급은 차비, 문제집과 준비물 구입비, 최소한의 용돈, 등록금을 충당할 수는 있지만 여유를 가질 만큼은 못 되었다. 늦은 수업을 마친 뒤 어쩌다 학교 앞 분식점에서 야채 햄버거를 먹거나 주말에 선옥과 만나 즉석떡볶이를 먹고 싶을 때도 마음속으로 늘 계산을 해야 했다. 영이는 특별 보너스를 어머니에게 알리지 않기로 했다. 한 번쯤은 그렇게 하고 싶었다. 그러자 한결 기분이 좋아졌다. 할 일도 일찌감치 마쳤으니 어머니에게 미안한 것만 빼놓으면 완벽한 하루다 싶었다.

영이가 오늘 기분 최곤데. 크리스마스이브라 남자친구 만나나 본데.

조교가 읽고 있던 책을 덮으며 아는 체를 해왔다.

어? 얼굴 빨개지는 거 보니 진짠가 본데.

아, 아니에요.

영이는 손으로 얼굴을 감쌌다. 두 볼이 뜨거웠다. 난로의 열기 때문이라고 영이는 생각했다. 조교가 다시 책을 펴는 게 느껴졌다. 책 읽을 때면 늘 그랬듯 지금쯤 왼손으로 턱을 받치고 오른손으로는 안경테를 바로 잡을 것이었다. 후르륵, 조교가 커피를 마시는 소리가 들렸다.

그때 과사무실 문이 열리고 잔뜩 눈을 뒤집어쓴 정 교수가 들어왔다. 왜인지 표정이 사나웠다.

누가 치웠어?

그는 대뜸 큰소리를 냈다. 묻는 것보다는 질책에 가까운 말투였다.

누가 치웠냐고. 너야? 너야?

뭘…. 말씀하시는 건지….

너 정신 나갔어?

교수가 대뜸 삿대질을 하자 조교의 표정에 난감함이 스쳤다. 영이는 겁을 먹은 채 주춤주춤 일어났다.

교, 교수님, 저…같…아…요.

영이는 머뭇머뭇 말했다. 무슨 영문인지 모르지만 조교는 오늘 교수의 방에 들어간 적이 없으니 무슨 일이든 자기 잘못일 터였다.

내가 책상에 있는 건 건드리지 말랬지.

영이는 교수가 말하는 게 정확히 무엇인지 알지 못했다. 출근 첫날부터 누누이 들어온, 책상에 놓여 있는 책이나 원고, 복사지 따위를 건드리면 안 된다는 말을 영이는 잊은 적이 없었다. 조교의 말이 아니더라도 알지 못하는 의미의 언어가 적혀 있는 원고나 복사지는 영이를 주눅 들게 했다. 영이는 먼지를 제거하고 물걸레질을 할 때도 그것들이 무서운 짐승이라도 되는 양 손도 대지 않았고 오늘도 마찬가지였다. 오늘 교수의 연구실에서 영이가 한 건 바닥을 청소하고 쓰레기통을 비우고 화초에 물을 준 일뿐이었다.

그랬지만 교수의 질책을 받고 보니 갑자기 모든 게 자신없어졌다. 크리스마스와 주말이 연속적으로 이어진 탓에 오늘따라 할 일이 많아 출근 후부터 정신없이 움직였는데 어쩌면 그 와중에 실수를 했을지 모를 일이었다. 게다가 눈이 오고 있었다. 바쁘게 움직이는 와중에도 영이는 본부에 다녀오다가 문득 하늘을 올려다보았고 눈을 뭉쳐보기도 했다. 보너스가 입금된 사실을 알게 된 뒤부터는 들뜬 상태에서 연구실을 청소했다.

어디에 뒀어!

고개만 숙이고 있는 모습이 답답했던지 교수가 버럭 소리를 질렀다. 영이의 얼굴이 하얗게 질리는 걸 본 조교가 말했다.

교수님 제가 찾아보고 전화 드리겠습니다.

교수가 못 이기는 체 문을 나서자 맥이 풀린 영이는 벽에 등을 댔다.

영이야, 너무 긴장하지 말고 천천히 생각해봐. 정리하다 어디에 둔 거 아니야?

조교의 따뜻한 말을 듣자 까닭 없이 눈가가 아팠다. 마음을 진정시키고 영이는 천천히 정 교수 방에서의 자신의 행동을 복기해보았다. 아무리 생각해도 책상을 건드린 기억이

나지 않았다.

연구실에서 꼼꼼히 찾아보자는 말에 조교의 뒤를 잠자코 따랐지만 영이는 점점 더 겁이 났다. 요즘 들어 부쩍 날카로웠던 교수를 생각하면 더욱 그랬다. 아침에 연구실 문을 열면 함부로 구겨진 채 재떨이 밖으로 흘러넘친 담배꽁초, 기와처럼 첩첩 쌓인 책과 복사 용지가 고통스러운 전날의 흔적을 고스란히 간직하고 있었는데 며칠 전에는 중요한 자료가 훼손될 것을 염려한 때문인지 불안하고 고집스러운 눈빛으로 영이를 주시하다 짜증을 내기도 했다. 하여 우편물 하나라도 함부로 건드리지 않기 위해 노력했지만 사람은 누구나 착각을 하고, 영이 역시 실수를 하거나 일의 착오를 빚기도 했고, 무엇보다 아직 어렸다. 조교와 영이는 연구실에 쌓인 복사물들을 한 장 한 장 샅샅이 살폈지만 소득이 없었다. 큰 실수를 저질렀다고 단정한 영이는 눈물을 참기 위해 입술을 깨물었다.

원고가 나온 곳은 뜻밖에도 영이 가방이었다. 마지막 복사지를 덮은 조교가 혹시 쓰레기통에 뭐가 없었느냐고 묻는 순간, 영이는 문득 휴지통 옆에 쌓여 있던 종이뭉치에서 늘 그랬듯 이면지로 사용할 만한 것들을 가방에 챙겨 넣었던 일을 기억했다. 둘은 서둘러 과사무실로 달려갔다. 이제 됐네. 조교는 환하게 웃으며 하이파이브를 청했지만 도둑질을 하다 들킨 것 같은 민망함에 영이는 얼굴을 붉혔다.

조교에게 자초지종을 들은 교수는 황당해했다. 이 일의 잘못이 자기에게 있다는 뜻으로 들은 듯했다. 그는 사납게 추궁했다.

그렇게 안 봤는데 애가 아주 맹랑하네. 그냥 죄송하다고 하면 되지 얻다 대고 내 핑계를 대. 너 똑바로 말해봐. 내가 그 원고를 버렸다고?

교수의 스타일은 잘 알고 있는 바였다. 그는 학과 회의 때 자주 참석하지 않았는데 그때마다 조교를 탓했다. 미리 말한 적이 없으면서도 자료를 복사해놓지 않았다고 종종 짜증을 냈다. 담배를 피운 뒤 창문을 닫지 않았다가 비라도 들이치면 영이 탓을 했다. 언젠가는 머리 위에 얹힌 안경을 찾느라 부산을 떨기도 했다. 이번에도 분명 자료를 정리하는 과정에서 무심코 휴지통 옆에 내려놓았을 터였지만 전혀 기억하지 못했다.

책상은 절대 손대지 말라고 했지.

죄.송.합니다….

어린 녀석이 천지분간도 못 하고 제멋대로 건드리고. 어디서 못된 것만 배워가지고. 거짓말이나 살살 하고 말이야. 내가 이래서 이런 애들 쓰지 말고 차라리 우리 학생 쓰자고 하는 거야.

교수님, 죄송합니다.

너도 교육 똑바로 시켜. 네가 물렁하게 구니까 얘가 이러는 거야.

네, 죄송합니다.

다 잘되라고 하는 소리니까 너도 섭섭해하지 말고. 작은 일이라도 뭐든 확실히 해야 나중에 사회에 나가서도 사랑받는 거야 알겠어?

네, 교수님. 잘못했습니다.

교수가 씩씩대며 나간 뒤 조교가 과장되게 한숨을 내쉬었다.

너무 속상해하지 마.

아, 아니에요, 조교님. 제가 잘못했는걸요. 괜히 저 때문에.

영이는 진심으로 말했다. 휴지통 옆에 놓인 원고라도 다시 확인하는 게 원칙이었고, 정 교수 연구실에서는 더욱 그래야 했다. 영이도 그 생각을 안 한 것은 아니었지만 들뜬 상태였고 잠깐 귀찮다는 생각을 했고, 마침 연습장도 필요했기에 무심코 가방에 넣었던 터였다. 책상 위에 올려만 놨어도 조교가 발견했을 테고 이런 사달도 일어나지 않았을 것이었다.

그래, 앞으로는 뭐든 확인하기. 그나저나 원고 찾느라 시간이 다 가버렸네.

아닌 게 아니라 밖이 컴컴했다. 눈이 그친 창밖이 고요했다.

벌써 여섯 시가 넘었네. 아, 크리스마스이브인데 영이 때문에 데이트에도 늦었네.

죄송해요···.

죄송하면 밥 사든지.

네? 살게요.

농담이야, 농담. 데이트는 무슨. 공부해야 하니까 얼른 퇴근이나 하셔. 근데 선옥이가 왜 이렇게 안 오지?

오늘 시골집에 일이 있어서 조퇴했어요.

오늘?

네. 갑자기 사무실로 전화가 왔대요.

무슨 일이지? 그럼 진짜 밥 같이 먹을까. 나도 어차피 먹어야 하는데. 아 약속 있다고 했나?

아뇨 없어요. 제가 사드릴게요. 저 월급 많이 받았어요.

나도 많이 받았거든요. 그럼 얼른 나가자. 한바탕 난리 쳤더니 배고프다. 아, 밥만 먹고 금방 올 거니까 난로 끄지 마.

네. 그럼 온도만 낮출게요.

난로 온도를 조절한 뒤 영이는 책가방을 멨다. 복도로 나오자 사위가 고요했다. 과사무실은 물론이고 밤늦게까지 밝혀 있던 몇몇 연구실도 정적에 잠겨 있었다.

오늘은 교수님들도 다 일찍 들어가셨나 보네. 하긴 오늘까지 공부하시는 건 좀 그렇지. 그나저나 첫 데이튼데 뭘 먹어야 하나. 영이는 뭐 좋아하니? 떡볶이? 햄버거?

전 아무거나 다 좋아요.

그래? 그럼 보신탕 먹어도 돼?

네? 아…. 네….

그럼 진짜 먹는다? 근데 학교 앞에 보신탕집이 있는지 모르겠네.

계단을 내려가며 조교가 싯궂게 웃었다. 뒤를 따르며 영이도 같이 웃었다. 이상한 일이었다. 조교의 뒷모습을 바라보자니 좀전의 부끄러움과 조바심이 설탕 녹듯 사라지고 대신 실체 모를 낯선 감정이 몽글몽글 퍼져나갔다. 뒤돌아서 손짓을 하는 조교를 보노라니 숨이 가쁜 것도 같았다. 보신탕이라니, 상상하기도 싫었지만 자신은 김치랑 먹으면 그만이었다. 그간 조교가 베푼 호의를 떠올리면 오늘 받은 보너스를 다 쓰더라도 정말 맛있는 걸 사주고 싶다는 생각이 들었다.

돌이켜보면 즐겁게 근무를 할 수 있었던 데는 조교 덕도 컸다. 조교는 다정하고 부드러웠다. 처음엔 낯설고 부담스러웠지만 어느 순간 영이는 그의 미소를 떠올렸고 공연히 배시시 웃게 되었다. 조교가 휴가를 냈을 때는 왜인지 맥 빠져있는 자신을 발견하게 되었다. 무심코 건네는 보리차나 자판기에서 빼다 주는 믹스 커피, 석유를 같이 들어주는 등의 사소한 배려에서 자신이 문득 어떤 의미를 찾으려 한다는 사실을 깨닫고 민망해했다.

그가 전혀 다른 세계의 사람이라는 사실을 영이는 잘 알고 있었다. 영이 주변에는 조교처럼 다정하고 말투가 부드럽고 스웨터가 잘 어울리고 손가락이 길고 학력 높은 사람이 없었다. 그는 목소리를 높이거나 거칠게 말하지 않았고 함부로 침을 뱉지도 않았다. 틈날 때마다 공부했고 클래식을 좋아하고 수준 높은 문학작품을 읽었다. 문학작품. 생각의 방향이 거기에 이르자 또 다시 영이 얼굴이 화끈거렸다. 롤리타.

내 삶의 빛이요, 내 생명의 불꽃. 나의 죄, 나의 영혼. 영이가 느끼기에 롤리타를 향한 험버트의 마음은 아름답지 않았다. 서른 살을 훌쩍 넘긴 아저씨가 열두 살 아이를 사랑하다니 가당치 않은 일이었다. 성인 남자와 어린애가 키스를 하고 사랑을 나누는 장면은 불편하다 못해 불쾌했다. 그럼에도 불구하고 그 책을 끝까지 읽은 건 조교에 대한 신뢰와 자신에 대한 불신 때문이었다.

조교는 이상한 책을 읽을 사람이 아니었다. 그는 문학 전공자였다. 반면 자신은 야간 상고생에 불과했다. 제대로 된 책을 읽어보지 않았기에 좋은 작품을 해석할 능력이 없었다. 『롤리타』를 읽으며 지루해한 게 그 증거였다. 문장은 어려웠고 용어는 이해하지 못하는 게 많았다. 조교가 주지 않았다면 절대로 완독하지 못했을 책이었다. 험버트의 사랑에 대해 느껴지는 불편함은 의미를 이해하지 못하고 키스, 섹스라는 단어에 대해서만 민감하게 반응하는 자신의 낮은 수준 때문일 터였다.

내게 왜 그런 책을 준 걸까. 영이는 생각했다. 『목요일의 아이』를 읽는 걸 본 뒤 『바람과 함께 사라지다』를 건넸고, 만화책으로 읽어보았다는 말을 한 뒤였다는 걸 기억했다. 『바람과 함께 사라지다』 밑에 있던 『롤리타』를 건네던 조교의 다정한 눈빛을 떠올렸다. 이전에는 미처 깨닫지 못했던 조교의 세심한 배려가 부담스러우면서 동시에 의미 있게 느껴진 건 『롤리타』를 읽기 시작하면서부터였다. 특별히 일이 없을 때도 과사무실에 들러서 한바탕 수다를 떨고 가는 여대생들이 어느 순간 한심하게 여겨진 것도, 조교가 그들 중 누구에게도 관심이 없다는 사실을 알고 안도감을 느낀 건 책의 중간 부분을 읽고 있을 때였다.

계단을 내려온 영이는 막 문을 여는 조교의 뒷모습을 바라보았다. 이유를 알 수 없는 두려움과 불온한 호기심이, 어떤 기대가, 실핏줄처럼 미세하게 그러나 강렬하게 온몸으로 퍼져나가는 걸 느꼈다. 눈이 다시 내리네. 조교가 하늘을 올려다보며 말했다. 영이는 어두운 하늘을 바라보았다. 온 세상을 덮어버릴 듯, 눈이, 쏟아지고 있었다.

16.

영이는 선옥이 보고 싶었다. 함께 있고 싶었고 그 아이 앞에서 울고 싶었다. 선옥이라면 그 단단한 손으로 자기를 위로해줄 것 같았다. 혼란스러움의 실체를 정확하게 짚어줄 수 있을 것 같았다.

점심을 먹으며 시골집에 가야 한다고 말하던 선옥의 표정엔 왜인지 그늘이 가득했고 다음날은 휴일이었다. 자취방에 돌아오지 않았으리라는 것은 당연했다. 영이는 당연하지 않은 일에 기대를 걸었다. 무슨 일인지는 알 수 없으나 생각보다 잘 해결되어 일찍 돌아왔을지도 몰랐다.

버스는 좀처럼 오지 않았다. 오지 않는다고 느꼈다. 아무리 발을 동동거려도, 숫자를 세도 시간은 완전히 멈춰진 것처럼 움직이지 않았다. 움직이지 않는 시간이 영원히 자신을 그곳에 가두어버릴 것 같아 영이는 택시를 탔다. 더듬더듬 목적지를 말하는 순간에도 오한이 멈추지 않았다.

빈약한 희망은 당연한 결과로 귀결되었다. 선옥의 방 창문은 컴컴했다. 계속되는 초인종 벨소리에 마침내 대문이 열렸지만 주인 여자는 곤한 잠에서 깨어난 데 대한 짜증을 감추지 않았고 영이가 주인 없는 방에 들어가는 것도 허락하지 않았다. 한 번 더 부탁할 새도 없이 여자는 사납게 대문을 닫아버렸고 소리 나게 빗장을 잠금으로써 절대 문을 열어주지 않겠다는 의사를 표시했다. 한참 동안 서 있던 영이는 주위가 완전한 어둠에 잠겨버렸을 때야 걷기 시작했다. 빈 차도를 다니던 택시들이 영이 곁에 잠깐 멈추거나 천천히 스쳐 지났다. 어느새 눈은 완전히 그쳤고 도로에 쌓였던 눈이 빠르게 얼기 시작했다.

집으로 오르는 비탈길에 들어서니 성가가 들려왔다. 아이들이 화음에 맞지 않는 새벽송을 부르고 있었다. 산동네 주민도 선물로 줄 과자봉지를 품에 안은 채, 적어도 오늘만큼은 아기 예수 오신 날의 기쁨을 만끽하는 부산스러운 소리가 어둠을 뚫고 들려왔다.

피곤에 결박당한 몸은 방에 들어서자마자 허물어졌다. 잠깐만 눈을 감아도 정신이 빠져나갈 듯했다. 어떻게 집까지 왔는지, 얼마나 걸었는지, 한쪽 발은 왜 젖었는지, 선물 받은 앙고라 장갑은 어디에 두었는지 기억이 나지 않았다. 영이는 자고 싶었다. 깊은 잠을 자고 나면 아무 일도 없었던 듯 다시 출근을 하고 선옥과 다정한 이야기를 나누고 미래를 계획할 수 있을 것 같았다.

하지만 잠이 오지 않았다. 잠을 자려 애쓸수록 정신은 점점 또렷해졌다. 영이는 생각했다. 다시 과사무실에 가는 게 아니었다. 맥주를 시키지 않았어야 했다. 고깃집에 간 게 실수였다. 조교가 제안한 대로 김밥이나 칼국수를 먹었다면 아무 일도 일어나지 않았을 터였다. 영이는 또 생각했다. 고기를 먹자고 한 것도, 맥주를 시킨 것도 자신이었다. 영이는 조교에게 감사함을 표시하고 싶었고 오늘은 특히 그랬다. 보너스를 받았고, 크리스마스이브였다. 집엔 일찍 들어가기 싫었는데 선옥이 없었다. 정말 그것뿐이었나. 조교의 얼굴을, 영이는 떠올렸다. 삼겹살을 굽다 튄 기름에 찌푸리던 미간, 다정한 미소, 앞 접시에 고기를 놓아주던 친절한 손을 기억해냈다. 자신이 많이 웃었던 것도.

그렇다면, 그 모든 것이 자신 때문이었나. 영이는 자문했다. 확신할 수 없었다. 얼른 먹고 나가자는 조교의 말에 왜 서운함을 느꼈나. 두려우면서도 왜 그가 『롤리타』에 대해 이야기하기를 기대했나. 그렇다면, 조교가 가까이 다가올 때마다, 그의 손길이 언뜻 닿을 때마다 불규칙적으로 뛰던 심장 박동은 자신도 모르게 싹이 튼 내밀한 욕구 때문이었나. 그를 자극한 게 결국 자신이었나. 그런 것도 같고 아닌 것도 같았다.

　메리 크리스마스. 소맥 잔과 사이다 잔을 들고 조교와 영이는 건배했다. 식당에 가득 찬 사람들과 여섯 개의 테이블에서 피우는 연탄불과 고기 기름이 타는 냄새로 가득한 실내는 덥고 탁했다. 조교의 낯빛이 겁에 질린 듯 점점 창백해졌기 때문에 둘은 주문한 음식도 다 먹지 못한 채 자리에서 일어났다. 둘은 계산대 앞에서 실랑이를 했다. 영이가 손에 들었던 돈을 바닥에 떨어뜨리고 조교가 벽에 몸을 부딪친 후에야 식당을 나올 수 있었다.

　영이는 집으로 가는 버스에 타지 못했다. 타지 않았을 수도 있다. 버스 문이 닫히려는 찰나 조교가 주저앉았고 구토를 했기 때문이었다. 조교의 등을 두드리는 동안 버스가 정류장을 떠났다. 조교가 비틀대며 걷기 시작했다. 영이는 뒤를 뒤따랐다. 어디로 갈 거냐는 영이의 질문에 아무래도 집으로 가야겠다고 조교가 대답했다. 둘은 다시 정류장에 나란히 앉았다. 조교가 몸을 가누지 못하고 영이의 어깨에 머리를 기댔다.

　이윽고 버스가 정류장에 서자 승차 준비를 하던 순간 두 사람은 끄지 않은 사무실의 난로를 동시에 떠올렸다. 먼저 가라는 말을 영이도 조교도 듣지 않았다. 둘은 다시 걸었다. 처음엔 떨어져 걸었지만 몸을 가누지 못하는 조교 때문에 어깨를 나란히 해야 했다. 처음엔 쓰러질 듯할 때 잡아 주었지만 결국 부축해주어야 했다. 학교는 고요했다. 벨벳 같은 어둠 아래로 은은하게 깔린 눈길이 숨을 죽이고 있었다. 거세된 소음이 두 사람의 발소리와 옷깃이 부딪치는 소리와 조교의 가쁜 숨소리를 고스란히 드러나게 했다. 거기까지였다. 흐트러진 필름 같은 그 이후의 시간은 함부로 훼손되어 뒤섞였다.

　보통의 소녀들과 마찬가지로 영이도 책을 읽거나 영화를 보다 첫 키스를 상상한 적이 있었다. 피할 수 없는 운명 같은 그 행위는 절절한 열정과 애정에 기반한 것일 터였고 첫사랑에 의해 실현될 것이라 생각했다. 솜사탕처럼 감미롭고 커피처럼 향기로울 것이라 믿었다. 그러나 현실은 상상을 배반했다. 난폭하고 거친 행위, 벽에 찧은 머리에서 통증이 느껴지고, 취한 손에 잡힌 머리카락이 뽑힐 것 같은 느낌. 첫 키스는 그렇게 실현되었다. 삼겹살 지방과 김치와 된장찌개, 맥주와 소주와 콜라가 섞인 맛. 영이가 경험한 첫 키스는 그런 맛이었다. 역겨운 구토 냄새가 가득한, 밥풀과 단

백질 덩어리가 혀끝에서 느껴지는.

 돌변하는 날씨 같은 것. 우연한 취중 실수, 혹은 악마성의 돌출, 혹은 계획된 폭력. 과사무실에 들어서자마자 부딪힌 상황에 영이는 어리둥절해했다. 조교의 텅 빈 눈동자, 비열하거나 잔인했던 웃음, 차가운 손, 입에서 튀어나오던 폭력적인 언사들은 혹시 꿈이 아니었을까, 영이는 생각하고 또 생각했다.

17.

 날이 밝아오자 당장 닥칠 일들이 현실로 다가왔다. 크리스마스가 지난 뒤 당장 다음날 조교를 봐야 한다는 것. 상상할 수 없는 일이었지만 피할 수 없는 일이기도 했다.

 급사의 거취 문제는 전적으로 조교의 권한이었다. 그건 조교와 통화를 해야 한다는 의미였다. 관례를 깨고 학과장에게 전화를 하는 건 어떨까 생각해 보았지만 의미 없는 일이었다. 매사에 꼼꼼하고 합리적인 교수가 일의 순서를 바꿀 리 없었고, 합당한 이유를 요구할 것이었다. 그렇다면 지난밤의 일을 교수에게 말해야 하는 것일까. 이야기를 들은 뒤 교수는 물어볼 것이었다. 왜 집에 가지 않고 조교를 따라

갔는지.

    부모에게라면. 영이는 이내 고개를 저었다. 두 사람이 어떤 반응을 보일지 두려웠고, 어느 쪽이든 흉터를 덧댈 것 같다는 예감 때문이었다. 빈약한 벽 너머로 아버지의 코 고는 소리가 선명하게 들려왔다. 아버지는 며칠째 아무 데도 나가지 않는 중이었다. 저녁 즈음에서야 겨우 일어났고, 첫 끼를 먹었다. 잠이 오지 않는다며 술을 먹었고, 거나하게 취한 상태로 어머니를 기다렸다. 자격지심에 절어 어머니의 깨끗한 옷차림을 의심하고 무표정하거나 피곤해하는 얼굴을 문제 삼다가 새벽녘이 되어서야 쓰러져 사납게 코를 골았다. 어머니가 장사를 나서는 시간은 점점 더 빨라졌고 귀가는 늦어졌다. 결국 아무것도 결정하지 못한 채 영이는 오후가 되어서야 다시 선옥의 집을 찾았고 여전히 기척 없는 창문을 확인해야 했다. 또 해가 스러졌고 밤이 깊었고 새벽이 되었고 아침이 밝았다.

    영이는 정류장 한쪽에 설치된 민트빛 공중전화기 앞에 서서 주머니 안의 동전을 만지작거렸다. 조교가 출근하기에는 아직 이른 시간이었다. 전화 안 쓸 거예요? 뒤를 돌아보니 한 청년이 삐삐를 손에 들고 있었다. 영이는 뒤로 물러섰다. 메시지가 길었던지 청년은 수화기를 쉽게 놓지 않았다. 그사이 버스가 왔다. 영이는 버스에 올라탔다. 먼저 보낸 두 대의 버스 시간만큼 늦은 8시 40분이 돼서야 정문에 도착했지만 영이는 정문으로 향하는 대신 공중전화기 앞으로 다가갔다.

선옥이 아직 안 왔어. 너희들 단체로 지각하기로 약속한 거 아냐? 넌 왜 출근 안 해. 석진 조교도 갑자기 휴가 내는 바람에 너희 교수님도 정신없어 보이던데?

조교님이요?

그래. 아파서 당분간 못 온다고 하더래. 선옥이한테라도 심부름시키러 오셨다가 난감해하시면서 가셨어. 많이 화나셨으니까 빨리 와.

어쩌면 차라리 잘된 일이었다. 학과장에게 직접 퇴직 의사를 밝혀도 될 터였다. 하지만 예상치 못한 일이 영이를 기다리고 있었다. 사무실이 엉망이었다. 이틀이나 무방비 상태였던 열린 창문으로 눈이 들이친 탓에 책장이며 바닥이 온통 얼어붙었고 난초와 제라늄이 동상에 걸린 채 투명하게 질려 있었다. 학과장은 조교가 미리 말해놓은 복사물을 준비해놓지 않았다며 영이를 재촉했다. 정신없이 수습하다 보니 하루가 훌쩍 지나갔고 말을 하려고 보니 학과장은 이미 퇴근한 뒤였다. 고민 끝에 집에 전화를 걸어보니 귀가하지 않았다는 대답이 들려왔다. 다음 날엔 출근하지 않았고 집 전화도 받지 않았다. 그러는 사이 하루가 지났고 며칠이 흘렀다.

 선옥도 돌아오지 않았다. 국문과 조교는 선옥이 며칠 못 나올 것 같다고 하더니 아예 그만두었다고 하며 난감해했다. 전화번호를 묻자 042로 시작되는 숫자를 알려주었는데 그건 자취방 번호였다. 그날 자취방을 다시 찾은 영이는 선옥이 방을 뺐다는 말을 들었다. 주인 여자는 선옥의 방을 치우고 있었다. 영악스럽기도 하지. 어째 월세를 미룬다 했더니 알량한 보증금하고 수도세랑 전기세까지 딱 맞추고 방을 빼네. 쓰레기만 잔뜩 남겨놓고 말이야. 암튼 시골 애들이 더 무섭다니까. 여자는 짜증을 내며 선옥의 짐을 마당에 함부로 내던졌다. 내동댕이쳐진 책가방, 양은 냄비와 촌스러운 옷가지들, 밍크 이불은 이물스러웠다.

18.

좀처럼 연락이 없던 선옥에게 전화가 온 건 며칠 뒤 후임으로 일할 아이에게 할 일을 알려준 뒤 막 짐 정리를 시작했을 때였다. 습관적으로 일어나던 영이는 다시 자리에 앉아 들고 있던 필통을 가방에 넣었다. 새 일에 대한 기대감으로 화분에 물을 주는 시간과 청소 방법, 공문과 비품 수령처를 꼼꼼하게 정리하던 아이가 벌떡 일어나 전화를 받았기 때문이었다. 그러나 자신을 찾는 전화라는 말에 영이는 다시 일어났다. 마지막 업무를 시키려는 교수이거나 행정센터 직원일 거라 싶었지만, 전화기에서는 아무 소리도 들리지 않았다.

교수님이셨어?

아니? 여학생이었는데. 끊어졌어?

여학생?

응. 친구 같던데. 나한테 영이냐고 했거든.

틀림없는 선옥이었다. 다시 돌아오기 위해 전화를 했을 터였다. 보름만 지나면 급수 시험날이었다. 주산과 타자 2급을 따기 위해 선옥이 그동안 얼마나 연습을 열심히 했는지 영이는 알고 있었다. 조교까지 나오지 않으니 새로운 아이를 구할 때까지는 출근하라는 말을 거절하지 못한 게 오히려 잘 된 듯했다. 이제 선옥과 이야기를 나누면 자신이 느끼는 혼란도 일시에 사라질 것 같았다.

그런데 왜? 왜 아무 말도 하지 않았을까. 정말 나쁜 일이라도 생긴 걸까? 그래서 돌아오지 못한다는 말을 하려던 것일까. 잠잠한 전화기를 보노라니 불길함이 슬며시 싹을 내밀었다. 영이는 안절부절하며 사무실을 서성거렸다. 걱정을 불식시키듯 그때 다시 전화벨이 울렸다. 영이는 수화기를 움켜쥐었다. 영이니? 나 선옥. 선옥의 다정한 목소리가 들려왔다.

선옥은 그간의 사정을 늘어놓았다. 엄마가 일을 하다 크게 다쳐 급하게 수술을 받았다고. 대신 집안 살림을 하고 병원에 다니느라 좀처럼 전화할 틈이 나지 않았는데 이제 퇴원을 했다고. 이제 정신이 나서 이장님 댁에 와서 급하게 전화를 하는 거라고. 그럼 언제 와? 못 갈 것 같아. 벌써 전학 수속도 밟았어. 퇴원은 했어도 엄마가 아무 것도 못 해. 선옥의 시무룩한 답변에 가슴이 덜컥 내려앉았지만 영이는 무슨 말을 해야 할지 아무 생각이 나지 않았다. 더 이상 선옥과 나란히 앉아 속 이야기를 나눌 수 없다는 사실에 대한 두려움과 외로움, 어쩔 수 없는 상황이라는 걸 알면서도 가슴을 찌르는 서운함이 순식간에 뒤엉켰다. 여보세요? 영이야? 연신 영이를 부르던 선옥이 물었다. 화났어?

너는 괜찮아? 영이는 목소리에 붙은 습기를 없애고 간신히 물었다. 너 못 보는 거 빼곤 차라리 좋아. 고향 친구들도 있고. 내가 오니까 엄마도 동생도 좋아하고. 이제 학교도 낮에 다닐 거고. 그럼 네 계획은? 급수 시험은? 대학은? 우리는? 쏟아지는 궁금증을 영이는 목구멍으로 넘겼다. 다시 연락하겠다며 선옥이 전화를 끊자고 했기 때문에 영이는 서둘러 집 번호를 알려주었다. 파이팅. 공부에 전념하기 위해 일을 그만두는 줄 아는 선옥이 말했다. 그 오해를 영이는 굳이 정정하지 않았다.

조만간 만나자고 했지만 그럴 수 있을까. 그럴 수 없을 거였다. 영이는 사는 도시를 벗어난 적이 없었다. 따라서 기차도 다니지 않는다는, 여자애를 대처의 고등학교에 보냈다는 이유로 별나다고 수군댄다는, 하루 세 번 들어오는 버스가 외부로 나가는 유일한 교통수단이라는 그곳이 영이는 비행기를 타야 갈 수 있는 외국만큼이나 멀게 느껴졌다.

3부

•

경리의 시간

19.

 성인이 되자 영이는 조금 변했다. 소심하고 주눅 들고 주변의 눈치를 보는 성정에 새로운 것들이 보태졌다. 정확하게 표현할 수는 없으나 염증, 불안, 절망, 상실 혹은 긴장과 비슷한 감정들이었다. 그것들은 원래 있던 것들과 뒤섞여 시시때때로 영이를 괴롭혔다. 낮에는 그럭저럭 견딜 수 있었으나 밤이 되면 미래에 대한 희망없음으로 인해 숨이 막히는 듯했다.

 의지와 상관없이 일을 그만둬야 하거나 그만두라는 말을 들을 때 영이는 제 곁을 맴도는 불운의 그림자를 느꼈다. 물론 경리로 일하던 버스 회사에서는 기사들의 거친 욕설과 희롱에 가까운 농담을 도저히 견딜 도리가 없었고, 비교적 즐겁게 다녔던, 출판업으로 등록되기는 했어도 책보다는 광고지나 팸플릿 등을 찍던 인쇄소는 경영난으로 문을 닫는 바람에 어쩔 수 없었고, 급한 대로 들어간 아트박스에서는 완구나 팬시를 팔기에는 표정이 어두워 아무래도 서비스직에는 어울리지 않는다는 말을 들었지만 모든 게 합리화에 지나지 않는 것 같았다.

 변한 건 부모도 마찬가지였다. 아버지는 더 이상 실없

는 소리를 하지 않았다. 누적된 잦은 실패만큼 삶의 희망으로부터 서서히 멀어졌고 어느 순간 자격지심과 분노만을 곁에 두었다. 그는 웃는 것도 우는 것도 무표정한 것도 다정한 것도 말을 하는 것도 하지 않는 것도 문제 삼고 괴로워했다. 어머니 곁에는 체념과 좌절이 자리 잡았다. 그녀는 점점 더 말을 하지 않았고 한결같이 무표정했다. 두 사람은 눈을 마주치지 않았다.

괴로움은 겨울이 오고 그래서 눈이 오면 더욱 심해졌다. 악몽 같은 크리스마스이브가 떠오를 때는 아버지의 의심이 병적인 의처증이 아니라 혹시 어머니가 방종한 것은 아니었을까 하는 의구심이 들었고, 동시에 불온한 생각에 감염되었다는 자책감에 휩싸였다. 자신 안의 나쁜 피를 제거해버리고 싶은 충동에 시달렸다.

뜻밖의 제안을 한 치의 망설임도 없이 받아들인 건 그래서였다.

나 박태용이에요, 우남대학교에 있던. 전화번호 바뀌었으면 어쩌나 걱정했는데 다행이네, 잘 지냈어요?

학교 이름을 듣고서야 영이는 그의 목소리를 기억해냈다. 크리스마스이브에 앙고라 장갑을 주었던, 일을 그만두겠다고 했을 때 녹차를 따라주던 학과장. 기다렸던 것처럼 조교와 선옥이 동시에 떠올랐고 고통스러움과 애틋함에 머리가 어지러웠다.

  교수는 새삼 우남대학교에서의 일이 떠오른다고 회고했다. 자신에게는 그런대로 괜찮은 시간이있는데 3년 전 서울로 간 뒤 한 번도 들르지 못했다고. 봄이면 문과대 앞에 환하게 피어나던 벚꽃이 그립다고 하더니 뜻밖의 제안을 했다. 지인이 괜찮은 사람을 소개해 달라는데 영이가 생각났다고. 2년만 성실하게 근무하면 정규직으로 전환될 가능성이 높다고, 계약직이라도 이런저런 수당을 더하면 웬만한 중소기업보다는 나을 거라고. 하지만 출퇴근 시간이 너무 길어서 방을 얻어야 할지도 모르는데 그게 조금 걸린다고. 어쨌든 괜찮은 기회 같아서 제안하는 거니 편하게 생각해보고 전화해달라고. 할 말을 마친 뒤 막 자기 전화번호를 부르려는 교수에게 영이는 대답했다. 고맙다고. 열심히 일해보겠다고.

  그에게 받은 번호로 전화를 건 영이는 이력서를 지참해서 당장 다음 날 들르라는 대답을 들었다. 밤새 면접 보는 꿈을 꾸고 일어나 몇 년 전 첫 면접을 위해 구입한 뒤 중요한 일이 있을 때마다 입는 감색 정장을 입었다. 정성 들여 머리를 묶었다. 마지막 점검을 위해 거울을 들여다보며 최대한 밝게 눈을 뜨고 입꼬리를 당겼다. 슬픈 피에로 같은 어색한 표정이 드러나자 다시 입술을 벌리고 웃어보았다. 경직된 근육이 풀어질 때까지 안녕하세요, 안녕하십니까,를 반복했다. 하지만 좀처럼 자신이 서지 않았다. 누군가에게 도움을 받고 싶다는 생각이 들었다. 이럴 때 선옥과 의논할 수 있다면.

그러나 가능하지 않은 일이었다. 영이에겐 선옥의 연락처가 없었다. 영이가 선옥의 목소리를 들을 수 있는 건 오직 그 아이가 전화를 걸었을 때뿐이었다. 이장님 댁 전화번호라도 알고 싶었지만 남의 집에서 전화까지 받을 수는 없다며 알려주지 않았기 때문에 하릴없이 연락이 오기만을 기다리는 수밖에 없었다.

그리고 새로운 생활로의 진입이 빠르게 진행되었다. 영이는 면접을 본 뒤 직원들에게 인사를 했고 앞으로 담당해야 할 일들에 대한 설명을 들었고 유니폼을 지급받았다. 창구 일을 할 거라는 예상과 달리 시장을 돌아다니며 일일 적금 도장을 찍거나 저금을 받아와야 한다는 사실에 당황했지만 이내 쉬운 취업의 이유를 생각하고 수긍했다. 마침 용무를 보러온 부녀회장의 소개로 창고를 개조해 만든 듯한, 그 덕에 저렴한 방을 계약했고 일주일이 지난 삼월 첫 주에 첫 출근을 했다.

전임자에게 업무를 인계받았고 하루 종일 읍내를 걸어다니며 일수 도장을 찍어주다가 인심 좋은 시장 상인들이 내미는 믹스 커피를 마셨다. 오후 네 시가 되면 다시 사무실로 돌아와 그날의 입금 현황을 보고했다. 아무런 사고 없이 무사히 2년을 근무한 뒤에는 창구 한쪽에 드디어 자기 명패가 세워진 책상을 배정받았다. 서툴게나마 입출금 업무를 하기 시작했고 수시로 찾아오는 전임 간부들과 동네 이장들을 위해 커피를 타다 화장을 좀 더 화사하게 하고 칙칙해 보이는 검은색 스타킹을 살구색으로 바꾸라는 지적을 들었다.

고객 업무가 끝나면 셔터를 내린 뒤 출납 담당에게 그날의 업무 상황을 넘겼고 주기적으로 비품실의 묵은 먼지를 제거하고 오래된 서류를 항목별로 정리했다. 조합원들의 인적사항이 담긴 서류들을 파쇄 처리한 뒤 밀린 복사를 했다. 침과 담배꽁초가 함부로 뒤섞인 재떨이와 휴지가 수북이 쌓인 휴지통을 비운 뒤 객장 내부와 상사와 전임자의 책상과 의자를 닦았다. 마지막으로 화장실 청소를 끝내고 문을 나서는 사이 몇 번의 봄과 여름과 가을이 지났다.

그러는 동안 영이는 많은 것에 익숙해졌다. 낯설던 골목골목에 무엇이 있는지 알게 되었다. 시간에 맞추어 버스를 타는 일이 더 이상 불편하지 않았고 정담은 빵집, 이모 분식, 안골 미용실의 단골이 되었고 안면을 익힌 사람들과 인사를 했다. 월급날이 낀 주말에는 쇼핑을 했다. 여성용품과 쌀, 계란, 휴지, 우유, 치약, 비누, 양말, 콩나물, 오이, 돼지고기, 믹스 커피 등의 구입 목록을 작성했고 그중 몇 개에는 가끔 엑스 표를 했다. 전단지를 들여다보며 각 마트의 미끼 상품을 체크한 뒤 집을 나섰다. 세 군데의 마트와 시장에서 골고루 물건을 구입한 뒤 집에 돌아와 점심을 먹었다. 오후가 되면 빨래를 개며 라디오를 듣거나 낮잠을 자거나 김치를 담거나 일주일 치 밥을 해서 냉동고에 넣어두었다.

오랫동안 방치했던 썩은 이도 치료했다. 만기가 된 3년짜리 적금을 탔고 다시 새로운 적금도 들었다. 물론 큰 금액은 아니었다. 계약직인 탓에 이런저런 상여금이나 수당 대상에서 제외되어 월급 액수 자체가 적었거니와 월세와 생활비 외에도 가끔 얼마간의 돈을 본가에 보냈기 때문이었다.

조금씩 마음도 편해졌다. 소란스러운 동네와 술에 취한 아버지와 무표정한 어머니와 멀어지자 모든 것이 서서히 희미해졌다. 불가시성은 영이를 긴장에서 놓여나게 했고 문득문득 잊게 했다. 그런 날이면 기대감과 불안함을 안고 전화를 걸었다. 드물게 반가워하는 목소리를 듣기도 했지만 더 자주는 익숙한 풍경이 예상되는 소리를 들었는데, 모든 분란의 시작은 돈이었다. 그럴 때면 어쩔 수 없이 몸에 각인되어 버린 우울이 알러지처럼 올라왔지만 절망적으로 느껴지지는 않았다. 멀어진 공간과 하루하루 지나가는 시간에 비례하여 객관적 거리감도 생겨난 것이었다. 그래서 조금이라도 도움이 되기를 바라는 덤덤한 심정으로 부모의 이름이 적힌 입금 전표에 도장을 찍을 수 있었다. 파마나 화장, 매식도 하지 않고 의류나 액세서리를 구입하지 않는데도 그 이상 저금할 수 없는 것은 그래서였다.

그럼에도 불구하고 영이는 그 어느 때보다 편안했다. 안정감을 느꼈다. 정확한 날짜에 월급이 나오는 것, 이따금 고객들로부터 양파나 버섯, 시장에서 사온 찐빵을 선물 받기도 하는 것, 더 열심히 한다면 정규직으로 전환될 가능성이 있다는 것, 깊은 밤 긴장하거나 불안에 떨지 않고 이문세의

'별이 빛나는 밤에'를 들을 수 있다는 이유에서였다.

어색했던 동료들과의 관계도 차차 괜찮아졌다. 영이를 제외하고 같은 사무실에서 근무하는 직원들은 지역 특성상 입사 이전과 이후 모두 이런저런 관계로 이어져 있었다. 학교 선후배이거나 친척의 친척이거나 이웃이거나 그도 아니면 부모나 형제와 아는 사이였다. 그런 관계는 그들에게 장점이 되기도 단점으로 작용하기도 했다. 그들에게 영이는 경계하거나 함부로 대해도 책잡힐 일이 없는 낯선 이방인이었다.

점심시간에 곁들인 반주 때문에 이후의 근무 시간에 늦거나 일찍 퇴근해야 하는 일이 생길 때 그들은 서로에게 양해를 구했지만 대신 업무를 떠맡아야 하는 영이는 신경 쓰지 않았다. 퇴근 후 본점에서 회의가 열릴 때면 관내 분위기를 익히고 사람들과도 친해져야 한다는 명목으로 영이를 보냈다. 한 명이 참석해야 하면 영이가 가야 했고 두 명이 참석해야 하면 순번이 된 직원과 영이가 함께 하도록 했다. 본격적인 농번기가 시작되는 4월부터 10월까지 모종이나 씨앗을 팔기 위해 경제부에 출근해야 할 때면 공평하게 순서를 정했지만 불가피하게 남는 한 주나 두 주의 근무는 영이에게 배당했다. 속으로는 어땠는지 모르지만 이 모든 과정에서 그들은 영이에게 미안해하는 일이 없었고 영이 또한 속상해하거나 귀찮아하지 않았다.

영이를 괴롭힌 건 오직 선옥과 더 이상 연락이 닿지 않는다는 사실뿐이었다. 선옥에게 전화가 오면 꼭 자기 번호를 알려주라고 신신당부했지만 영이는 본가에 전화를 할 때마다 번번이 실망스러운 답변만 들어야 했다. 시간은 속절없이 흘렀다. 어느 날 밤 선옥과 통화를 하지 못한 게 6개월에 접어들었다는 사실을 깨달았고 어쩌면 자신이 선옥에게 더 이상 의미있는 존재가 아닐지 모른다는 생각을 하게 되었다. 그러고 보니 마지막 통화를 할 때 선옥의 목소리가 밝고 명랑했던 예전으로 돌아가 있었던 게 기억났다.

20.

신입직원 수경은 밝고 긍정적인 에너지를 품고 있다는 점에서 선옥과 비슷한 데가 있었다. 그녀의 맑은 눈에는 세상에 대한 믿음이 담겨 있는 것 같았다. 그녀는 출근 다음 날부터 사무실의 대리나 과장에게 친근하게 말을 걸었고, 직원들이 자신이 해야 할 일과 해주는 일의 경계를 자연스럽게 알게 해서 해야 할 일에는 똑 부러지게 일을 잘한다는 말을, 해주는 일에는 친화력과 협동심이 강하다는 칭찬을 들었다. 태도도 깍듯해서 직급이 높은 사람에게는 직급을, 자기보다 연차가 높고 두 살이 많음에도 여전히 계약직이고 따라서 직급이 낮은 영이는 선배라는 호칭으로 배려했다.

그러나 대졸이고 공채 출신인 수경도 그와 같은 명확함과 사려 깊음이 많은 경우 불리하게 작용한다는 사실은 알지 못했다. 지역 출신이기는 하지만 오랫동안 고향을 떠나 있었고 민방위복 차림의 성실한 아버지가 출근을 하고 앞치마를 두른 어머니가 요리를 하는 풍경, 친구들과 대학 캠퍼스 잔디밭에 동그랗게 둘러앉아 학점과 과제를 걱정하고 미팅 이야기를 하는 풍경 등 안정감과 호의에 익숙해져 있는 수경은 반대편의 풍경에 종종 의아함을 표시했고 불편해했고 바꿀 방법을 모색했다.

막내라서 번번이 뒤늦은 점심을 먹어야 하는 것, 휴일에 경제부 근무를 하는 것, 토요일 오후에 갑자기 회식 모임이 잡히는 것. 계장이라는 엄연한 직급이 있음에도 미스 서라고 불리는 것, 여자라는 이유로 역량을 발휘할 자신이 있는 여신 업무 대신 수신 업무만 봐야 하는 것, 임원, 마을 이장들에게 다짜고짜 반말을 듣는 것, 농민신문을 강제 구독하는 것, 조합원들의 물건을 강매하는 것 등등에 대해 자주 문제를 제기했다.

그녀는 종종 한숨을 내쉬었다. 그녀가 이곳에 지원을 한 건 아버지 때문이었다. 시험에 합격하면 자동차를 사주겠다고 제안을 하더니 그래도 말을 듣지 않자 방을 당장 빼겠노라고 으름장을 놓는 통에 할 수 없이 고향에 돌아오게 된 거라며 그녀는 아이처럼 입을 삐죽였다.

말을 듣는 게 아니었는데. 암튼 올해 안에 무조건 탈출할 거예요.

영이는 입사 초기 퇴근 시간에 와서 기다리던 그녀의 아버지를 떠올리고 희미하게 미소지었다. 고작 두 살 아래일 뿐이지만 투덜대는 그녀가 귀여웠다. 동시에 가슴 한쪽으로 바람이 부는 듯해 옷깃을 여몄다.

영이는 장래와 관련하여 부모와 의논을 해본 적이 없었다. 그간 부모와 나눴던 말들은 주로 등록금에 관한 걱정이었기에 고등학교를 졸업한 뒤로는 더 이상 할 말이 없었다. 직장을 갖지 못하던 시점에 어머니는 깊은 그늘을 드리운 채 한숨을 내쉬었고 활력도 허세도 잃고 오직 불안한 감정만 남은 아버지는 시시때때로 분노를 분출했을 뿐이었기에 함께 미래를 걱정하고, 제안하고, 다독이는 부모에 대한 수경의 투정이 낯설었다.

사실을 말하면 그 외에도 낯선 건 많았다. 사실 영이는 휴일 경제부 업무가 싫지 않았다. 하는 일 없이 의자에 앉아 있다가 가끔 씨앗이나 호미, 햇빛 가리개 모자 따위를 파는 일이었고 수당도 나왔다. 주말에도 딱히 할 일이 없었기에 고기를 맘껏 먹을 수 있는 회식도 좋았다. 미스 김이라는 호칭도, 반말도 딱히 싫다고 느낀 적이 없었기에 영이는 그런 말을 하는 수경이 낯설었고, 아무것에도 분노하지 않는 자신에 대해 열등감을 느꼈다.

점심을 먹을 때도 마찬가지였다. 업무 특성상 직원들은 따로 점심을 먹었는데 대개는 영이와 수경이 마지막 조였다. 마지막으로 탕비실에 들어서면 테이블 곳곳에 음식물 흔적이 남아 있었다. 오후 한 시가 훌쩍 넘었고 허기진 상태였기에 영이는 일단 숟가락을 들었지만 수경은 주변을 정리했다. 테이블이 깨끗해지면 그제야 도시락을 꺼냈다. 거기엔 색깔을 맞춘 과일과 소불고기, 둥근 완자, 당근과 치즈가 박힌 계란말이 따위가 들어있었다.

둘이 먹는다고 넉넉하게 싸달라고 했어요.

기억의 저장 장치란 참으로 악착같은 것. 검버섯처럼 절대로 떨어지거나 희미해지지 않는 것. 함부로 뒤엉킨 기억의 창고에서 노련한 판매원처럼 적절한 상품을 즉각적으로 찾아내는 것. 도시락 뚜껑을 열며 수경이 그렇게 말할 때마다 머릿속에서 잊고 있던 순간들이 자동 재생 장치처럼 저절로 떠올랐다. 만원 버스에서 새어버린 김치통. 시큼한 냄새, 원성. 한쪽 끝이 붉게 물들어버린 교과서였다. 소시지 부침, 카레, 오징어채볶음, 얌전하게 결대로 찢은 장조림이 꽃밭처럼 펼쳐진 친구들 도시락 옆에 수줍게 놓여 있던 콩자반, 묵은김치 볶음, 단무지 무침이었다.

식사 후 영이는 수경이 건넨 오렌지를 베어 물었다. 향기로운 과즙이 입안에 가득 퍼졌다. 달콤했다. 한편으로는 아무 맛도 나지 않았다. 이상한 가역반응이었다. 어릴 때 느꼈던 것보다 더한 애잔함이 세포처럼 떠다니는 것 같았다.

선배는 정말 좋은 분 같아요, 언니라고 불러도 되죠?

테이블을 치우던 영이는 고개를 들었다. 딱히 허락의 필요성을 느끼지 못하는 듯, 아니면 거절의 가능성은 전혀 생각하지 못한 듯 무심한 표정으로 도시락을 정리하는 수경을 바라보았다.

영이도 수경이 싫지 않았다. 아니 좋았다. 수경은 한결같이 다정했다. 기분이나 상황에 따라 친절하거나 무례해지지 않았다. 무리한 부탁도 하지 않았다. 상식적인 수준에서 도움을 요청했고 고마워했고, 상사의 부당한 업무 지시에 대해서는 불편한 표정을 감추지 않았지만 잡다하게 밀린 업무 때문에 영이가 우왕좌왕할 때는 기꺼이 도왔다. 그런데 왜? 그래서 영이는 수경이 낯설었고 그러면서 좋았고 시간이 지나면서 친하게 지내고 싶어졌고 그러면서도 불편했는데 그런 자신을 이해할 수 없었다.

수경은 자주 묻고 제안했다. 언니 오늘 퇴근하고 뭐 해요, 같이 저녁 먹을까요? 언니 주말에는 뭐 해요? 시간 되면 드라이브 할까요? 언니 새로 생긴 스파게티집 가보셨어요? 엄청 맛있다던데. 그러나 영이는 많은 경우 제안에 응하지 않았다. 약속이 있고, 본가에 가야 하고, 몸이 안 좋다는 이유를 댔다. 수경은 상황 파악이 빠른 사람이었다. 영이의 거절을 어떻게 받아들였는지는 몰라도 어느 순간 저녁 식사나 주말의 만남을 제안하는 일이 줄어들었다. 그러면 영이는 마음이 뒤숭숭했다. 어쩐지 요즘 들어 수경이 자신을 보고 활짝 웃지 않거나 전과 다르게 말을 걸어오지 않는 듯한 느낌에 자주 고개를 돌려 그녀를 보았다. 눈이 마주치는 순간 그녀가 씽긋 미소라도 지으면 그제야 안도했다.

그런 날은 영이가 먼저 식사를 제안했다. 수경은 기뻐하며 세 가지 메뉴를 골라 영이가 선택하도록 했다. 영이는 기꺼이 순댓국, 두부조림, 짜장면 대신 연어 스테이크, 피자, 스파게티를 골랐다. 수경을 위한 선택이었다. 능숙하게 포크를 사용하는 수경을 보며 스파게티가 노란 고무줄 같다는 말을 하지 않길 잘했다고 생각했다. 그러나 얼마 지나지 않아 자신의 예상이 틀렸다는 사실을 알고 허탈해했다.

갑자기 찬바람이 부는 어느 날 둘은 순댓국 간판을 발견하고 즉흥적으로 식당 문을 열었다. 삭힌 고추가 듬뿍 들어간 국물을 떠먹자 이내 속이 편안했다. 희미하게 나는 누린내가 불편하지 않을까 하여 영이는 내심 수경의 표정을 살폈다.

와 진짜 맛있는데요.

수경은 서비스로 나온 간을 입안 가득 넣은 뒤 신이 나 재잘댔다. 사실 자기는 입맛이 촌스러운 편이라고, 대학 다닐 때부터 함박스테이크나 스파게티로 취향을 바꿔보려 해도 결국 순댓국, 해장국, 육개장을 먹어야 든든하다고, 이게 다 그런 곳만 데리고 다닌 아버지 때문이라며 수경은 입을 삐죽였다. 영이는 오소리를 집었다. 동시에 느껴지는 묘한 동질감과 이질감처럼 돼지 누린내와 고소한 기름 냄새, 쫄깃한 살코기와 물컹대는 지방이 한데 섞여 들어갔다.

하지만 그 뒤로 세 가지 선택지가 주어졌을 때도 영이는 여전히 함박스테이크나 피자나 스파게티를 선택했다. 그러는 사이에 스파게티를 동글게 말 수 있게 되었고, 모짜렐라와 고르곤졸라 치즈 맛을 알게 되었다. 집에 돌아가서는 여전히 소화제를 먹었다. 비단 음식뿐만이 아니었다. 상황들도 다르지 않았다. 수경과 함께하거나, 혹은 수경이 개입되면 달콤함과 더부룩함, 매력과 불편함, 동질감과 이질감이 동시에 느껴졌다.

가령 이럴 때였다. 간혹 번호표에 대한 개념이 없는 사람들은 창구가 비어있으면 일을 하지 않는 것으로 알고 무턱대고 다가가 용무를 보려는 경향이 있었다. 사정을 알기에 직원들도 되도록 일을 처리해주려 했지만 먼저 와서 순서를 기다리는 사람이 많으면 어쩔 도리가 없었다. 그날도 그런 날이었다. 월말이어서 업무 시간이 되기도 전에 사람들이 몰려들었다. 그날따라 처리해야 할 것도 많아서 일찍 출근하여 정신없이 일했지만 결국 해결하지 못한 채로 일을 시작해야 했다. 그때 어쩐지 지치고 피곤한 표정을 한 초로의 남자가 영이 앞에 섰다.

영이는 하던 일에서 눈을 떼지 못한 채 인사를 했다. 설명을 하기보다 차라리 해결해주는 게 경험상 빨랐으므로 간단한 입출금이면 얼른 처리할 심산이었다. 하지만 그가 원한 건 여러 가지 복잡한 절차가 필요한 신용카드 발급신청이었다. 아차 싶었지만 옆 창구로 가라고 하기에는 늦은 감이 있었다. 팩스에서 토하듯 쏟아지는 서류를 일별한 뒤 영이는 서둘렀다. 관련 서류를 준비하면서 한 손으로는 받은 주민등록증으로 신용상태를 조회했다. 그러나 남자는 요구 기준 미달이었다. 영이는 고개를 들었다. 연신 실룩이는 안면과 창구를 두드리는 손가락에서 초조함이 느껴졌다.

고객님, 죄송하지만 신용카드 발급이 조금 어려울 것 같…

어떤 분노는 상황이나 관계와 반드시 비례하지 않는다. 그것은 모세혈관처럼 복잡하게 얽혀 있다. 혈관을 떠다니던 혈전이 어느 지점, 사소한 퇴적에 터져버리듯 지층처럼 차

곡차곡 쌓여 있던 분노도 그렇다.

영이는 자신의 말투 어떤 부분이 남자의 허약한 자존심을 건드린 것인지 알지 못했다. 굳이 복기해보지 않아도 분명 부드럽고, 미안해하는 표정을 담고, 다른 사람이 듣지 못할 정도로 조용한 음성이었을 터였지만 말이 끝나기도 전에 남자는 얼굴을 붉히고 소리를 높였다.

말 다했어? 뭐 백수라서 자격 미달이라고! 얻다 대고 사람을 무시해, 무시하길. 지점장 어딨어, 당장 나오라고 해. 이 싸가지 없는 계집애 내가 당장 잘리게 할 테니까.

고객님 진정하세요, 그게 아니라.

뭐가 그게 아냐. 네가 그랬잖아. 자격미달이라고!

급기야 남자가 상소리를 하며 창구를 내려쳤다. 갑작스러운 큰소리에 놀란 사람들이 뒤로 물러서거나 수군댔다.

남자의 잔뜩 일그러진 표정을 보며 영이는 그의 분노가 이미 여러 번의 거절 경험에서 비롯된 것임을 알았다. 절박한 재무 상황을 해결해줄 신용카드 발급이 가능하다는 말 외에는 그 어떤 말도 자기에 대한 비난이나 공격으로 받아들일 준비가 되어 있었다는 뜻이었다. 익히 잘 알고 있는, 미세한 충격에도 순식간에 훼손될 수 있는 공갈빵 같은 것.

영이는 자리에서 일어났다. 아직 아물지 않은 상처의 피딱지가 덧나지 않게 하고 싶었다.

과장이 악의적인 호기심을 온전히 드러낸 채 영이 쪽으로 다가온 건 그때였다.

뭐해요. 어서 사과드리지 않고.

다 필요 없으니까 지점장 나오라고 해, 당장.

저희 직원이 워낙 미숙해서, 계약직이라 뭘 몰라 그러니까 널리 이해해주세요.

새로 알게 된 사실에 남자는 기세등등해졌다.

어째 일하는 게 거지 같더라니. 일도 한 번에 딱 처리하지 못하고, 어디 계약직 주제에 손님한테 입을 닥쳐라 마라, 눈을 부라리고 말이야. 이따위로 일하는 것들은 다 잘라야 돼. 너 이름 뭐야.

고객님, 죄송합니다.

영이는 고개를 숙였다.

영이 씨 그게 사과하는 태도야. 뭐해 빨리 앞으로 나가서 정중하게 말씀드리지 않고.

과장이 어깨를 미는 바람에 영이는 잠시 중심을 잃었다. 미묘한 감정의 물결이 남자의 두 뺨 위에 일렁였다. 카드 발급 불가로 촉발된 자존감 훼손, 그로 인한 분노의 폭발, 상대가 자신과 별반 다르지 않은 신분이라는 것의 확인에 따른 안도감에 그는 더욱 흥분했다.

사과고 뭐고 얘 안 자르면 더 이상 여기랑 거래 안 할 테니 관두쇼. 여기는 어째 높은 분보다 아랫것들이 더 무섭네.

말을 하는 중에도 남자의 안면이 불안하게 경련을 일으켰다. 그 때문인지 남자는 눈을 자주 찡긋댔다. 영이는 두 손을 모은 채 최대한 고개를 숙였다. 정중한 사과로 남자의 자존감을 회복할 수 있다면 몇 번이고 그럴 작정이었다. 그런 영이의 마음이 통한 것일까. 되풀이되는 사과에 남자의 흥분이 차츰 가라앉았다.

앞으로 그렇게 일하면 안 돼. 계약직이면 싹싹하게 하고 더 열심히 해서 정규직으로 승진해야지. 안 그래? 손님이 오면 차도 좀 타주고 말이야.

영이는 다시 한번 고개를 숙였다. 계약직으로서의 마음가짐, 손님에 대한 응대 태도까지 한바탕 훈계를 늘어놓은 남자는 한 손에 사은품을 쥔 뒤에야 객장을 나갔다.

그날 업무를 마친 뒤 과장이 영이의 경위서 작성을 요구했다. 출장을 다녀온 지점장이 상황을 묻자 기다렸다는 듯 보고했지만, 허구에 가까울 만큼 내용을 왜곡한 채로였다. 영이는 하지 않은 말들이 기정사실로 되는 과정을 묵묵히 들었다. 보지 않아도 눈빛을 교환하는 사람들의 표정, 은은한 미소가 공기 중에 번져나가는 걸 느낄 수 있었다. 어떤 말도 변명이 될 수밖에 없다는 것, 이미 과장 말이 사실로 되어버렸다는 것, 그들이 이 상황을 즐기고 있다는 것, 외근을 핑계로 자주 사무실을 비우는 지점장이 굳이 사실을 확인하고 싶어하지 않는다는 것을 알았고 이 상황의 마무리를 위해서는 진심 어린 사과와 경위서 작성이 필요하다는 걸 깨달았다.

미스 김, 사실이야?

영이는 잠시 머뭇거렸다. 무엇을 묻는 것인지 알 수 없어서였다. 꺼지라든가, 닥치라든가, 라는 말에 대한 진위인지, 객장이 한바탕 뒤집혔고 그 때문에 이미지에 타격이 갈 뻔했지만 과장 덕분에 무사히 마무리가 되었다는 것에 대한 확인인지, 둘 다인지. 하지만 어떤 쪽이든 지점장이 요구하는 건 크게 다르지 않을 터였다.

돌이켜보니 자신도 현명하지는 않았던 것 같았다. 남자의 불안을 진작 알아채고 좀 더 부드럽게 대응했다면 상황

3부_경리의 시간　151

이 악화되지 않았을 것 같았다. 발급이 어려울 것 같다는, 진정하라는 말이 남자에게는 충분히 불친절하게 들렸을 수도 있을 것 같았다. 받아들이는 느낌은 내용보다 그때의 상황과 표정과 억양에 더 영향을 받지 않나. 같은 상황이라도, 거절을 해야 하거나 업무가 늦어지거나 새로운 서류를 요청할 때, 다른 사람이 할 때보다 자신이 할 때 더 불편해하고, 화내고, 힘들어하지 않았던가. 심지어 언젠가는 일을 하면서 잘 웃지 않는다는 이유로 민원을 받은 적도 있었다. 곰곰이 생각해보니 다른 업무로 바쁜 자신 앞에 선 남자에게 아주 잠깐 짜증이 났던 것도 사실이었고, 그런 감정이 자신이 내뱉은 말을 코팅했을 가능성이 컸다. 그러자 모든 것이 명확해지는 느낌이었다. 남자의 분노는 당연한 것이었다.

네, 지점장님. 죄송합니다.

그 사람이 또 민원이라도 넣으면 골치 아픈데. 지난 평가에서도 지점 CS 점수가 많이 낮았는데.

그건 걱정마세요, 지점장님. 그 부분은 제가 잘 처리해서 보냈으니까요.

이 과장이 고생 많았구만. 암튼 이번 일은 기강 때문에라도 그냥 넘어갈 수가 없어요, 미스 김 내일까지 시말서 제출

하도록.

 시말서를 제출한다는 건, 정규직의 가능성이 거의 사라진다는 뜻이었다. 무기계약직이라도 되려면 실적이 좋아야 했지만 예금 유치와 카드 발급은 겨우 달성했고 적극성을 가지고 가끔은 과대 포장도 해야 하는 보험 판매는 영 부진해서 영이는 지난 분기에도 자신의 이름으로 몇 번씩이나 보험 가입과 해지를 되풀이한 뒤에야 겨우 평균을 맞출 수 있었다.

 그럼, 오늘 회의는 여기까지 하고. 자 그럼 퇴근들 하세요.
 저, 지점장님.
 그때 수경이 손을 들었다. 그녀는 의아한 표정으로 자신을 바라보는 직원들에게 목례를 한 뒤 조심스럽게 말을 꺼냈다.

 저…. 시말서는 조금 과한 것 같습니다. 사실 그 손님 비망록에 블랙으로 적혀 있는 분입니다. 신용카드 발급이 안 된다는 거 알면서도 몇 번이나 곤란하게 했는데…. 영이 선배는 절차대로 정중하게 말씀드렸구요.
 그래도 손님한테 함부로 말하면 안 되지.
 제가 듣기에는….

서수경 계장, 지금 무슨 말 하는 거예요. 그럼 지금 내가 없는 말을 했다는 거예요?

아뇨 그게 아니라. 다만 저는 시말서가 조금 과한 거 같아서요.

그러니까 내가 상황을 왜곡했다는 거 아니야. 내 참 기가 막혀서. 기껏 상황 마무리해주고 욕을 먹네. 미스 김, 내가 틀리게 말했어?

전, 과장님 말씀이 틀렸다는 게 아니라 다만….

급한 마음에 수경이 한 걸음 앞으로 나오려 하자 지점장이 손을 뻗어 제지했다.

조용조용! 그냥 당사자인 미스 김이 말해봐.

늘 그랬듯 지점장의 말은 이번에도 애매하고 모호했다. 그는 원하는 답이 있을 때면 불량학생을 다루는 학생부 교사나 피의자를 취조하는 형사 같은 화법을 구사하며 상대의 눈을 물끄러미 바라보곤 했는데 이번에도 다르지 않았다. 짜증이 가득한 과장과 자꾸 퇴근이 늦어지는 것에 대한 불편함을 고스란히 드러내고 있는 직원들의 시선에 고스란히 노출된 영이는 마른 침을 삼켰다. 긴장 때문인지, 부담 때문인지, 혹은 불안 때문인지 얼굴이 달아올랐다. 영이는 최대한 공손히 말했다.

과장님 말씀대로입니다. 정말 죄송합니다.

그럼 시말서 제출에 이의 없는 거지?

네.

자 그럼 오늘은 여기까지 하고 퇴근합시다.

그 말을 끝으로 직원들이 움직였다. 지점장이 먼저 뒷문을 빠져나갔고 미리 가방을 챙겨둔 몇이 뒤를 따랐다. 불쾌한 표정을 지으며 과장이 수경 앞에 섰다.

서 계장, 그렇게 낄 때 안 낄 때 나서는 거 아니에요. 괜찮은 사람인 줄 알았는데 이럴 줄은 몰랐네.

수경은 아무 말도 하지 않았다. 미안해한다든가, 겸연쩍어하지 않았다. 늘 부드러운 미소를 짓기 위해 노력하던 것과 달리 굳은 표정을 풀지 않았다.

조합원들 조사는 다 끝내기는 한 거예요?

일 년에 한 번 실시하는 조합원 실태조사는 서류를 확인하고 일일이 전화 통화를 해야 하는 일이었다. 오늘이 마감이었지만 사실상 끝낸 사람은 없었다. 몇 번씩 전화를 걸어도 부재 중인 경우가 많은 데다 기한도 너무 빠르게 책정된 탓이었다. 과장도 그 사실을 모르지 않았을 터였고 묻는 의도를 수경도 눈치채지 못할 리 없었다.

아뇨, 아직.

남 일 신경 쓸 시간에 자기 일이나 똑바로 해요.

마침내 꼬투리를 잡은 과장이 득의양양하게 뒷문을 빠져나가자 수경이 한숨을 내쉬었다. 영이는 조심스럽게 말했다.

괜히 나 때문에…. 미안해…요….

수경은 대답 대신 영이를 한참 바라보았다. 무슨 말이 하고 싶은 것 같기도 했지만 곧 그만 두었다.

혹시 오늘 약속 있어요? 없으면….

저녁에 친구 만나기로 해서요. 언니 오늘 고생하셨는데 얼른 들어가 쉬세요.

그래요, 수경 씨도….

영이는 다시 자리에 앉았다. 피곤했다. 컴컴해진 사무실에서 영이는 오랫동안 일어나지 않았다. 수경의 복잡한 눈빛이 눈앞에 아른거렸다. 화가 난 것 같기도 슬픈 것 같기도 했다. 잠깐 입술을 달싹이기도 했지만 결국 아무 말도 하지 않고 사무실을 나서던 뒷모습도 마음에 걸렸다. 고맙다든가, 미안하다든가, 어떤 말이든 했어야 했다는 생각이 들었지만 이미 늦은 뒤였다.

모르겠다. 정확히 무엇을 모르겠는지는 알 수 없었다. 영이는 기꺼이 나서준 그녀가 고마웠고 내심 사실이 밝혀져 시말서 제출이 취소되기를 바라면서도, 이의를 제기하는 그녀가 불편했다. 어차피 결정이 번복되지 않으리라는 걸 모르는, 지치고 무료한 일상에 긴장과 악의적인 활력을 불러일으킬 무언가가 필요했고, 때마침 일어난 오전의 소동이 이벤트로 작용했음을 눈치채지 못하고 이의를 제기하는 그녀의 천진성이. 수경은 좋은 사람이었고 이번 일로 그녀와의 사이가 어색해질지도 모르는 게 아쉬웠고 내심 후련했고 한편으로는 될 대로 되라는 생각이 들었는데 어째서인지 마음이 복잡했다. 지금이라도 당장 전화를 걸고 싶었지만, 걸고 싶지 않았다.

영이는 종종 어쩌면 자기의 행동이 수경을 섭섭하게 했을지 모른다고 생각했다. 그래서 점심 조가 바뀌었고 밀려드는 손님이 많다는 이유로 이야기를 덜 하게 된 것도, 수경이 퇴근 후 바쁘게 뒷문을 빠져나가는 것도 이해했다.

영이와 수경이 나란히 퇴근을 한 건 한 달이 지난 뒤였다. 수경의 제안으로 둘은 자주 가던 스파게티집으로 향했다. 주문한 요리를 기다리며 둘은 이야기를 나누었다. 전과 다르게 주로 말을 하는 사람은 영이였고 수경이 들었다. 영이는 문득 자신답지 않게 너무 들떠 있다는 걸 알았고 생각했던 것 이상으로 이 시간을 그리워했다는 사실을 깨달았다.

언니, 사실 언니한테 고백할 거 있어요.

그때였다. 수경이 수저와 포크를 내려놓았다. 접시에는 음식이 많이 남아 있었다. 영이는 순간 목에 걸려있던 어떤 추가 덜컹, 밑으로 내려앉는 느낌을 받았다.

저 오늘 사표 냈어요. 아, 이직은 아니구요.

혹시, 사람들 때문에 그런, 거라면….

영이는 테이블에 바짝 다가앉았다. 가능한 일이 아니라는 걸 알았지만 막고, 싶었다. 과장의 사소한 트집, 팀원들의 은근한 배제, 직급과 맞지 않게 그녀에게 부여된 업무. 생각해보니 그날 이후 심해진 것 같았고, 그렇다면 원인은 자신이었다. 그런 것도 모르고 신입이라 그러려니 했다니. 그다지 신경 쓰지 않을 거라고 생각했다니. 그녀가 자신과는 다른 사람이라는 걸 생각하지 못한 자신의 아둔함에 진절머리가 났다.

설마요. 그 사람들이 뭐라고.

그럼, 왜?

다른 일 해보려구요. 광고나 기획 같은 거. 사실 언니랑 못 논 것도 학원 다니느라 그런 건데 공부해보니까 제 적성에 맞는 것도 같아서요. 저 여기랑 진짜 안 맞았거든요.

겁은 나지만 하지 않으면 후회할 것 같다고, 오랫동안 고민했는데 막상 결정하니 가슴이 뛴다고 말하는 수경의 볼이 빨갛게 상기되었다. 진심으로 행복해 보였다. 그런 수경을 영이는 물끄러미 바라보았다. 사표. 적성. 학원. 가슴 뛰는 일. 신비로운 향기를 품은 단어들을 조용히 읊조렸다.

그래도 우리 연락도 자주 하고 오래오래 만나요. 제가 전화할게요.

수경이 손으로 전화기 모양을 만들며 흔들었다. 잊고 있던 기억이 그 순간 불쑥 떠올랐다. 선옥이었다. 그러자 돌연 모든 것이 명확해지는 느낌이 들었다. 마음과 다르게 자신이 왜 수경과 가까워지는 것을 두려워했는지. 이루어지지 않을 일이라는 걸 알았지만 영이는 그렇게 하자고 했다. 사표는 빠르게 수리되었고 급하게 빈자리가 채워졌다. 새로 들어온, 공채를 준비하고 있고, 과장 친구의 조카라는 신입직원은 수경만큼이나 구김이 없었다. 문득 떠오른 생각에 고개를 돌렸다가 눈이라도 마주치면 그녀는 환하게 웃어 영이를 당황하게 했다.

영이와 수경은 처음 한 달은 일주일에 한 번, 두 번째 달엔 이 주일에 한 번, 그리고 세 번째 달부터는 드문드문 연락을 주고받았다. 그러다 어느 순간 뜸해졌고 결국 연락하지 않게 되었다.

21.

시간은 어김없이 흘렀다. 영이는 사소하거나 가벼운 일들을 겪으며 웃거나 우울해했다. 입사한 지 7년째 되던 해 처음으로 CS 우수사원에 선정되어 상금과 쌀 10킬로를 받았다. 8년째 봄에는 정규직 전환 대상자 명단에 들었지만 최종적으로 불가 판정을 받았다. 큰 기대를 하지 않았던 터라 충격은 크지 않았지만 며칠 동안 원인을 알 수 없는 소화불량에 시달려야 했다. 몇 번의 적금을 탔고 지점장의 배려로 다른 직원들처럼 명절에 상여금과 고기 세트를 받았다.

그리고 데이트를, 했다. 매달 적금을 부으러 왔다가 서둘러 돌아가던 청년이었다. 12번째 적금을 넣으러 온 날, 그는 긴장 때문인지 언뜻 화난 듯한 얼굴로 퇴근 후에 같이 돈까스를 먹지 않겠느냐고 물어왔다. 갑작스러운 제의에 놀란 영이는 처음엔 수줍어하는 그의 눈을 가만히 들여다봤고, 민망한 듯 빠르게 뒤돌아 걷는 뒷모습을 바라보았다. 뒤통수가 둥글었다. 청년이 또 말을 걸어오면 어찌해야 하나. 청년의 적금 만기일을 기다리면서 영이는 고민했다.

한 달이 지났고 다시 청년이 왔다. 만기적금을 재예치한 뒤 청년은 다시 1년짜리 적금을 들겠다고 했다. 청년이 내민 만 원짜리가 그의 낡은 지갑만큼이나 꾸깃댔다. 영이는 빠르게 돈을 셌다. 한 장 한 장 넘길 때마다 세종대왕의 미소가 보였다. 구겨진 돈을 펴고 같은 위치로 정리했을 모습을 상상하며 무심코 웃자 청년이 서둘러 변명했다.

많이 더럽죠. 책에 넣어놨다 가져왔는데도 그러네요.

영이는 고개를 끄덕였다. 깨끗이 씻었음에도 없어지지 않은 손톱 때와 자잘한 상처가 그를 말해주었다. 그날 둘은 우스터 소스 향이 강한 돈까스를 먹은 뒤 커피숍에 들어갔다. 영이는 블랙커피를, 청년은 유자차를 주문했다. 잔에 남은 유자를 스푼으로 뜨며 청년은 지역의 공고를 졸업한 뒤 전기기사의 조수가 되었고, 몇 년을 따라다닌 뒤 초보 기술자가 되었고, 지금은 완전히 일이 손에 붙었고, 간단한 배선은 물론 상가나 주택의 전기 시설까지도 설치할 실력이 되었다는 말을 했다. 멋도 부릴 줄 모르고, 맛있는 것도 먹을 줄 모르는 덕에 돈도 제법 모아서 읍내에 방 두 칸짜리 집은 얻을 여력이 된다는 말도.

둘은 소소하고 밋밋한 데이트를 이어나갔다. 청년은 동전을 바꾼다는 핑계로, 저금을 한다는 명분으로, 가끔은 물을 먹는다는 구실로 객장을 드나들었다. 작업이 일찍 끝나는 날에는 멀찌감치서 사무실을 지켜보다가 슬그머니 뒤따라왔다. 그 바람에 영이는 퇴근 때면 주위를 살피는 버릇이 생겼다. 멀리서 그의 모습이 보이면 기뻤고 보이지 않으면 섭섭했다.

만난 지 두 달쯤 되었을 때였다. 청년은 갑자기 작업 가방에서 제품 목록을 꺼내어 꽃잎 여섯 장이 붙어 있는 거실용 전등을 가리켜 보였다.

영이 씨한테 보여주려고 가지고 왔어요. 정말 예쁘죠. 나중에 내 집이 생기면 이런 등을 달고 싶어요.

말을 하는 청년의 얼굴에 미소가 가득했다. 영이의 가슴이 예기치 않게 뛰었다. 속내를 들킬까 봐 경직되면서도 한편으로 화를 내는 걸로 오해할까 싶어 영이는 걱정스러웠다. 짜장면을 먹은 뒤 둘은 자주 가던 커피숍 대신 호프집으로 갔다. 신장개업한 곳답게 인테리어가 독특한 곳이었다. 천장에선 대형 사이키 조명이 연신 돌아갔고 김건모의 '짱가'가 스피커를 찢을 듯 터져 나왔다. 최첨단 시스템이 설치된 테이블의 컵 구멍에서는 냉기가 흘렀다.

청년은 술에 약했다. 생맥주 두 잔을 마시자 얼굴이 홍옥처럼 붉어졌고 목소리가 커졌는데 다행히 김건모의 노랫소리가 더 컸기 때문에 주변의 눈총을 받지는 않았다. 중국집에서 미처 하지 못했던 이야기들을 청년은 줄줄이 늘어놓았다. 기술을 인정받아 다음 달부터 월급을 올려받기로 했는데 2년만 바짝 자금을 모은 뒤 가게를 차릴 거라고 했다.

아버지가 위암을 앓다 돌아가셨고, 함께 사는 어머니는 언제든 따로 살 준비가 되어 있다고 했다. 예치해둔 저금 말고도 어머니에게 얼마간의 돈을 맡겨둔 상태이고 두 명의 누나는 각각 결혼해서 강원도와 경기도에 살고 있다며 청년은 손바닥을 비볐다. 별다른 취미가 없어서 휴일에는 공고 동창들과 만나 축구를 하거나 텔레비전을 본다고도 했다. 시간이 지나면서 홀에 손님이 가득해지자 음악 소리가 더욱 커졌기 때문에 그 많은 말들을 쏟아내느라 청년은 웅변가가 되어야 했다. 영이도 말을 듣기 위해 몸을 기울였다. 그 바람에 가끔 서로의 얼굴이 가까워졌다.

그날 밤 청년은 서툴게 영이를 끌어안았다. 그의 만 원권에서 나던 흙내음이 작업복에서도 났는데 영이는 어쩐지 그 냄새가 좋았다. 용기가 난 청년은 섬세하지 못한 두 손으로 영이의 얼굴을 감싸고 제 입술을 가져다 댔다. 청년의 입에서는 안주로 먹었던 오징어 냄새가 났다. 영이는 어떻게 해야 할지 몰라 부동자세를 한 채 눈을 감았다.

청년은 좀 더 대담해졌다. 거리를 걸을 때도 손을 잡으려 했고, 가로등이 없는 골목에라도 들어서면 영이를 와락 끌어안았다. 과일이나 생선, 고기를 들고 자취방을 찾아왔고 돌아가려 하지 않았다. 발연점에 다다른 청년의 사랑은 맹렬히 타올랐는데, 테스토스테론의 강력한 영향력 안에 놓여 있는 청년이, 서른을 훌쩍 넘기는 동안 한 번도 사랑을 해본 적이 없었던 걸 감안하면 당연한 일이었다. 문제는 하나의 이벤트가 똑같은 반응을 담보하지 않는다는 데 있었다. 청년의 감정이 아스팔트를 달구는 여름 한낮의 햇볕처럼 속수무책으로 쏟아질수록 영이는 놀라움과 번민, 갈등의 늪에서 방향을 잃고 허우적댔다.

청년이 돌아간 뒤 영이는 새벽까지 잠을 이루지 못했다.

왜인지 마음이 편하지 않았다. 불쾌한 건 아니었지만 유쾌하지도 않았다. 영이는 그가 싫지 않았다. 오히려 호감이 갔다. 고작 돈까스를 먹을 뿐인데도 격식을 갖추지 못할까 전전긍긍하는 모습을, 평소 습관대로 급하게 식사를 마친 뒤 아직 반도 먹지 못한 자신의 그릇을 보고 미안해하는 표정을 보면 빙그레 웃음이 나왔다. 그가 두툼한 손을 자기에게 내밀면 긴장되고 설레었다. 그의 작업복의 땀과 먼지 냄새를 맡으면 마음이 편안해졌다. 그날, 청년에게 안긴 채 가만히 서 있었던 것도 그래서였다. 그런데 이 느낌은 뭐란 말인가.

22.

그에게서 전화가 온 건 대청소를 위해 비키니 옷장을 뒤집어 놓았을 때였다. 봄 내내 벼르던 옷 정리를 하겠다는 심산이었지만 휴대전화에 뜬 번호를 보는 순간 영이는 자신이 내내 그의 연락을 기다렸다는 걸 깨달았다. 뭐해요. 그의 목소리에서 긴장이 느껴졌다. 옷 정리, 요. 주말인데 좀 쉬지 또 일을 해요? 묻는 음성이 다정했다. 작업이 밀려서 금요일인데 연락도 못 했어요, 미안해요. 핑계 김에 밀린 일을 해서 좋다고 하자 자기는 영이를 보지 못해 금요일 같지 않다고 했다. 영이는 시계를 보았다. 열 시가 넘어가고 있었다.

저 안 보고 싶었어요? 영이가 어쩔 줄 몰라 하자 그가 다시 말했다. 보고 싶었던 걸로 알게요. 네…. 진짜요? 진짜죠? 간신히 내뱉은 수줍은 대답을 그가 놓치지 않은 게 다행이었다.

내일 대전에 가서 영화도 보고 맛있는 것도 먹지 않을래요. 오늘 못 본 만큼 내일 실컷 봐요.

영이는 그렇게 하겠다고 했다.

다음 날 오전 근무를 마친 뒤 영이는 서둘러 시외버스터미널로 향했다. 먼저 와서 기다리고 있던 그가 들뜬 표정으로 손을 흔들었다. 새 남방과 바지를 입었고, 작업화 대신 구두를 신고 있었다. 옷이 잘 어울린다고 하자 쑥스러워하며 새로 샀다고 했다. 버스가 30분 후에 출발할 거라는 방송을 들은 청년이 매점으로 달려가 구구콘과 박카스를 두 개씩 들고 왔다. 둘은 의자에 나란히 앉았다.

토요일의 대합실은 한적했다. 출발을 기다리는 버스가 몇 대 서 있을 뿐이었다. 주차장 한쪽에서 운행 시간을 기다리는 운전사가 버스에 연신 물을 뿌리며 먼지를 벗겨내는 게 눈에 들어왔다. 물줄기 너머로 바람에 흔들리는 연둣빛 나뭇가지가 화사했다. 영이는 아이스크림을 한 입 베어 물었다. 초콜릿과 우유의 달콤함이 입안 가득 퍼졌다. 청년은 식사를 하는 듯 허겁지겁 아이스크림을 먹었다. 그 바람에 청년의 입술이 크림으로 하얘졌다. 휴지를 내밀며 영이는 환하게 웃었다. 낯설면서도 편안한 행복감이 봄기운처럼 피어오르는 듯했다. 아이스크림을 입에 털어 넣은 뒤 둘은 동시에 박카스를 땄다.

한 시간 뒤 두 사람은 시의 외곽에 위치한 버스터미널에 내렸다. 나들이를 축복하듯 봄바람도 멎어 있었다. 청년이 택시에 오른 뒤 은행동으로 가자고 호기롭게 말했다. 토요일의 데이트를 위해 청년은 많은 준비를 했지만 지인들에게 얻은 정보의 대부분은 구시가지에 한정된 것이었다. 둘은 다시 오랜 시간 택시를 탔고, 미터기의 말이 빠른 속도로 달리는 걸 속절없이 지켜봐야 했다. 빠르게 지나가는 창밖의 풍경을, 영이는 물끄러미 바라보았다.

논산에 내려간 뒤로 영이가 대전에 온 건 손가락으로 꼽을 수 있을 만큼 적었다. 초반엔 의무감으로 몇 번 왔지만 그마저도 이곳을 지나쳐 간 적은 없었다. 의도한 것도 의도하지 않은 것도 아니었다. 논산에서 대전에 오는 교통편은 많지 않아서 우선은 빨리 출발하는 버스를 탄 뒤 시내에서 버스로 이동하는 게 효율적이었지만 영이는 출발시간이 남아 있고, 운행시간이 좀 더 길더라도 기다렸다가 집 가까운 곳의 터미널로 가는 버스를 타곤 했다. 그래서인지 한 때 매일 다녔던 곳임에도 불구하고 눈앞의 풍경이 낯설었다. 거리도 많이 바뀌어 있었다. 즐비한 모텔들은 여전했지만 신도시가 세워지고 상업지구가 발전함에 따라 최근의 건축 양식을 반영한 건물들이 도로 양쪽에 빽빽했다.

　토요일인데도 사람이 많네요.

　오늘은 한가한 편이에요. 평일에 대학생들까지 돌아다니면 아주 난리예요.

　근처에 대학교가 있나 봐요.

　우남대학교라고, 이 부근 땅값이 엄청나게 올라서 아주 부자 학교가 됐죠. 조오기 영화관 보이죠. 바로 그 옆이에요.

　운전기사가 창문을 내리고 한쪽 방향을 가리켰다.

　어디, 저기요? 아 저기 영화관. 어, 저기서도 두사부일체를 하네?

　덩달아 운전사가 가리키는 방향을 목을 빼고 바라보던 청년이 어려운 퀴즈라도 푼 듯 목소리를 높였다.

두 분은 연인? 아니 신혼부분가?

무료하던 차에 이야기 상대를 만난 운전기사의 말에 생기가 돌았다. 영이는 의자에 등을 대고 눈을 감았다. 신이 난 운전사는 개발되기 전 이 일대에 무엇이 있었는지, 땅값이 얼마나 올랐는지, 온천객들을 상대하던 오래된 식당이나 유흥주점이 떡볶이집과 파스타집과 피씨방과 커피숍으로 변모해간 과정을 읊어댔고 청년이 입도 가리지 않은 채 하품하는 걸 본 뒤에야 겨우 이야기를 멈췄다. 이윽고 택시도 멈춰 섰다. 청년이 메모를 확인한 뒤 점심은 유명한 곳에서, 저녁은 분위기 있는 곳에서 칼질을 하자며 해죽 웃었다.

영이와 청년은 롯데리아와 이안과와 한국은행과 나이키 매장과 상업은행을 지나쳐 걸었다. 선병원을 끼고 오른쪽으로 돌아 노포 식당 거리로 향했다. 그중 한 곳으로 들어가 자리에 앉자마자 청년이 음식을 주문했다. 대전 친구가 적극 추천한 메뉴예요. 영이가 컵에 물을 따르기도 전에 고춧가루를 뒤집어쓴 듯한 두부두루치기가 테이블에 올려지자 재빨리 면을 비비기 시작했다. 음식이 너무 매웠기 때문에 청년은 연신 땀을 닦았고 영이는 계속 물을 들이켰다. 젓가락을 놓자마자 청년이 다시 말했다. 이제 빵집으로 가요.

튀김소보로가 끝내주게 맛있는 곳이 있어요. 성심당요? 영이가 묻자 청년이 되물었다. 영이 씨도 아시는구나. 가봤어요? 그리운 얼굴을 떠올리며 영이는 고개를 끄덕였다.

청년은 작업 일정을 따르듯 계획했던 데이트를 차근차근 실천해 나갔다. 빵집을 나선 뒤 극장으로 향했고, 영화가 시작되기 전에 오징어와 콜라를 샀다. 영화를 보는 내내 스트로우에서 입을 떼지 않다가 건달이 좋아하는 여학생 앞에서 쩔쩔매는 장면에서는 큰소리로 웃어 영이를 난감하게 했다. 영화가 끝난 뒤 엔딩크레딧이 올라가기도 전에 자리에서 일어났고 다시 메모지를 들여다보며 길을 찾았다. 그리고 문득 멈춰 선 뒤 말했다. 저기예요. 정면의 손끝이 가리키는 '힐탑'이라는 글씨에 막 불이 들어오고 있었다.

둘은 도로가 보이는 창 쪽에 앉았다. 연둣빛 가지를 틔운 가로수와 조명을 밝힌 간판과 자동차 꼬리의 붉은 등이 어우러진 봄 저녁은 아름다웠다. 영이 씨, 티본 스테이크나 연어 스테이크로 먹어요. 낮게 흐르는 클래식 때문인지, 로코코풍의 인테리어 때문인지, 보타이 차림의 직원들 때문인지 그는 조금 긴장한 것처럼 보였다.

식사는 지나치게 빨리 끝났다. 금박 접시에는 버터에 구운 연어와 양배추 채가 예쁘게 담겨 있었지만 연어는 너무 잘 부서졌고 양이 적었다. 포크 사용이 서툰 탓에 양배추도 번번히 떨어져 식탁을 더럽혔다. 익숙한 인스턴트 스프나 밥, 하다못해 빵도 나오지 않았기 때문에 식사 뒤에도 포만감이 느껴지지 않았다. 둘은 휘핑을 얹은 비엔나커피를 주문했다. 먹는 사이 창밖이 순식간에 어두워졌지만 왜인지 청년이 긴장하고 있는 것처럼 보여서 영이는 일어나자고 하기가 조심스러웠다.

영이 씨.

청년이 돌연 진지한 표정으로 영이를 불렀다.

네?

저, 사실은 드릴….

영이는 냅킨을 테이블 위에 올려놓으며 청년의 말에 귀 기울일 준비를 했다. 그러나 자기를 부르는 또 다른 목소리에 나머지 말을 듣지 못하고 뒤를 돌아보아야 했다.

영이 맞지? 아까부터 긴가민가했는데.

한 여자가 다가와 덥석 영이의 손을 잡았다. 무람없는 행동이 낯설면서도 익숙했다.

나야 나.

깨, 순, 이?

어머 얘는 아직도 그 별명을 기억하네. 그래 깨순이. 이게 대체 얼마 만이야. 너무 반갑다 얘. 넌 어쩜 하나도 안 변하고 그대로니.

주근깨가 완전히 없어졌고, 까만 피부는 진한 화장으로 말끔하게 덮었지만 빠르고 높은 말투, 웃을 때마다 들어가는 동그란 얼굴의 보조개, 작은 키가 틀림없는 깨순이었다. 이 애를 마지막으로 본 게 언제였더라.

깨순이는 쉴 새 없이 떠들었다. 사업을 하고 있고, 제법 성공했고, 둔산동에 아파트를 마련했고, 오늘도 사업에 참여하겠다는 사람과의 상담 때문에 이곳에 오게 되었다며 핸드백에서 명함을 꺼내 주었다. 월드 뷰티라는 다소 허황한 회사명 아래 팀장 세라 안이라고 적혀 있었다.

누구? 애인? 안녕하세요. 저 영이 친구예요, 어릴 때 제일 친했던.

어정쩡하게 일어나 인사를 하는 청년에게 깨순은 혹시 어릴 때가 궁금하면 얼마든지 물어보라며 너스레를 떨었다. 그런 뒤 명함을 달라고 성화를 부리다 휴대전화 번호를 받은 뒤에야, 자리를 떴다.

친한 친구가 봐요.

어릴 때요.

진짜 성격이 좋네요. 영이 씨도 어렸을 때는 활발했나 봐요.

아까 무슨 말 하려고 했어요?

아. 이거요. 에이 멋있게 주려고 했는데….

청년이 수줍게 웃으며 주머니에 손을 넣었다. 펼친 손에 빨강과 초록 스트라이프 무늬의 상자가 놓여 있었다.

내가 끼워줄게요.

청년은 얼굴이 벌개진 채로 귤을 까듯 서둘러 포장지를 벗겨냈다. 그런 뒤 난초가 음각된 반지를 집어 들었다. 기교 없이 만들어진 노란색 반지가 조명 아래서 선명하게 빛났다.

손 줘 봐요. 얼른요. 비싼 거 아니니 부담 갖지 말고요. 그냥 주고 싶어서 그래요.

청년은 영이의 손을 잡아끈 뒤 신중하게 반지를 끼웠다. 영이는 손을 맡긴 채, 집중한 탓에 입술을 내민 청년을 가만히 바라보았다. 읍내 사거리 보석당에서 신중하게 반지를 골랐을 그의 모습이 눈에 선했다. 사파이어나 루비 대신 투박한 금반지를 고른 게 그다웠다.

안 맞으면 어떡하나 걱정했는데.

청년이 비로소 할 일을 끝낸 듯 무해하게 웃었다.

9시가 넘은 뒤에야 둘은 자리에서 일어났다. 터미널로 향하는 택시 안에서 영이는 한결 한가해진 창밖의 도로를 응시했다.

영이 씨랑 반지랑 진짜 잘 어울려요. 안 맞으면 어쩌나 걱정했는데.

영이는 미소지으며 왼손을 펴보았다. 그냥 주고 싶다고 했지만, 금반지가 의미하는 게 분명했기에 늘 그랬듯 마음의 방향이 어디를 향하는지 가늠하기가 힘들었다. 반지가 손가락에 끼워질 때 느꼈던 긴장이 안도였는지 불안이었는지 분간이 되지 않았다. 마음 깊은 곳에서 물결이 이는 듯해 영이는 창문을 열었다.

택시는 빠른 속도로 달렸다. 그러나 둘은 터미널을 다시 나와야 했는데 집으로 가는 시외버스가 일찌감치 운행종료 된 때문이었다. 주말에는 버스가 더 일찍 끊긴다는 것이었다. 의도한 건 아니었지만 택시를 탈까요, 라는 청년의 말에는 전혀 의지가 담겨 있지 않았다. 영이 역시 내심 차라리 잘된 일일지도 모른다 싶었다. 딱히 방향을 정하지 않은 채

두 사람은 천천히 걸었다.

아까 택시에서 본 영화관이네요. 저 뒤로 학교가 있다고 했죠.

사거리가 보이자 청년이 말했다. 어색함을 불식시키려는 듯 목소리가 컸다.

거기 한 번 가볼까요? 대학교는 한 번도 안 가봤는데. 들어갈 수 있나?

그냥 다른 데로 가요. 학생도 아닌데요 뭐.

하긴 그러네요.

둘은 다시 걸었다. 낮과는 다른 부산스러움이 골목 곳곳에서 느껴졌다. 유흥주점과 노래방 간판과 장식 조명들이 앞을 다투어 명멸하고 있었다. 그 사이로 보이는 이국의 성 모양으로 지어진 모텔들은 조악하고 이물스러웠다. 그럼 술이나 한잔할까요? 문득 떠올랐다는 듯 청년이 말했고 영이는 그러자고 했다.

두 사람은 열두 시가 조금 넘어 모텔 앞에 섰다. 조심스럽게 문을 열자 맑은 풍경 소리가 울렸다. 내실에서 졸던 주인이 화색이 된 얼굴로 다행스럽게 딱 하나가 남았다며 생색을 냈다. 영이는 청년과 엘리베이터를 탔다. 하루종일 움직이고 술까지 마셨지만 정신이 또렷했다. 청년에게서도 취기는 느껴지지 않았다. 긴장한 탓인지 얼굴이 석고상처럼 창백해져 있었다.

305호는 복도의 끝방이었다. 자주색 카펫이 깔린 복도를 바라보는 청년의 표정이 전투에 나선 장수처럼 비장했다. 심호흡을 한 뒤 그가 천천히 복도를 걸었다. 영이도 뒤를 따라 카펫에 발을 디뎠다. 그때였다. 핸드백에 꽂혀 있던 명함이 나비처럼 팔랑거리며 떨어졌다. 아, 그때였구나. 무릎을 굽히고 명함을 집던 영이의 머릿속으로 오래된 기억 하나가 스쳐 갔다. 우남대학교 정류장에서 웃고 있던 깨순의 모습이었다.

23.

깨순에게 연락이 온 건 며칠 뒤였다. 휴대전화의 진동음이 끊임없이 울렸지만 영이는 선뜻 받지 못했다. 새로 장만한 번호를 아는 사람은 손에 꼽았고 이 시간에 전화를 걸어 올 사람은 그밖에 없었다. 뛰는 가슴을 진정시키며 영이는 천천히 전화기를 꺼내 들었다. 그러나 이내 한숨을 내쉬었다. 안도인지 아쉬움인지 분간이 가지 않았다.

왜 이렇게 늦게 받아.

누구, 세요?

나야, 세라. 성숙이, 깨순이라고. 난 듣자마자 목소리를 금방 알겠던데. 섭섭하네, 라는 푸념에 영이는 어색하게 웃었다. 오목조목 박혀있던 주근깨, 오른쪽 덧니가 있던 깨순이와 세라가 같은 사람이라는 게 영 낯설었다.

너는 어쩜 하나도 안 변했다.

깨순이도 영이를 신기해했다. 누군가 부르면 겁먹은 표정을 짓고, 늘 고개를 숙인 채 걷고 너무 작은 목소리로 얘기하던 어릴 때와 전혀 다르지 않다며 지금도 속이 상하거나 억울한 일이 생기면 따지거나 불평하는 대신 눈물을 흘리며 눈만 껌벅이느냐고 물었다. 영이가 웃기만 하자 안 변했네, 말한 뒤 어린 시절을 떠올리면 네가 가장 먼저 생각났다고 정말 보고 싶었다고 했다. 진짜거든. 영이가 또 웃자 목소리를 높였는데 뭔가 강하게 이야기를 하거나 뾰로통할 때면 말끝을 길게 늘어뜨리는 습관도 예전 그대로였다.

그날은 급하게 헤어졌는데 사는 곳을 알려주면 근처에 일이 있을 때 오겠다고 하더니 깨순은 며칠 되지 않아 화장품이 가득한 쇼핑백을 들고 나타났다. 지난번과 그리 다르지 않은 근황을 늘어놓았는데 실제로도 그런 듯했다. 그녀가 타고 온 세단과 고급 브랜드 문양이 박힌 가방과 세련된 액세서리는 차치하더라도 관리가 잘 된 피부, 자연스럽게 구불거리는 머리 스타일은 이 지역에서는 드문 것이었다.

부모님은 어떠셔?

식사 내내 끝도 없이 근황을 들려주던 깨순의 무심한 질문에 맥주를 따르던 영이는 깜짝 놀라 고개를 들었다. 부모와의 시간들이 전생의 기억처럼 아득하게 느껴진 탓이었다.

여전하셔?

깨순이 재차 물었다. 영이는 마저 잔을 채웠다.

아직도 거기 사시고?

깨순이는 질문의 방향을 바꿀 의향이 없는 듯했다. 잠깐의 반가움 대신 불편함과 피로감이 동시에 몰려왔다.

아니.

그래? 이사하셨구나. 잘됐네.

깨순의 표정이 환해졌다. 영이는 그 오해를 굳이 정정하지 않았다.

건강은 괜찮으시고?

질문은 좀처럼 끝나지 않았다. 대답 대신 영이는 잔을 들었다. 미지근한 맥주가 비릿했다. 그날 벽에서 나던 냄새처럼….

    3년 전이었고 명절을 며칠 앞둔 때였다. 일요일 오후 영이는 본가로 향했다. 준비해놓은 과일과 고기를 두고 올 심산이었지만 사실은 남아 있는 자기 물건을 모두 가져온 뒤 앞으로는 최소한의 연락만을 하며 지내고 싶어서였다. 그러나 방문 앞에는 두 켤레의 신발이 뒤집힌 채 놓여 있었는데 그건 어머니가 대목 장사를 나가지 않았다는 뜻이었다. 잠깐 그냥 물건을 마루에 놓고 되돌아갈까 싶었지만 차마 그럴 수는 없는 일이었다. 영이는 자신의 나쁜 예감이 빗나가길 바라며 조심스럽게 방문을 열었고 보고 싶지 않은 광경과 마주했다.

    기다렸다는 듯 몰려오는 알코올과 음식물이 뒤섞인 시큼한 냄새에 영이는 미간을 찌푸렸다. 일어나는 엄마의 표정에 놀라움이 가득했다. 입술이 기형적으로 부풀어 있었다. 영이는 앉으라는 말을 듣고서야 손님처럼 한쪽에 엉거주춤 앉았다. 어머니가 서둘러 주변을 정리하는 동안 처참한 방의 광경을 새삼 둘러보았다. 미처 치우지 못한 술상. 수명이

다 된 형광등 위로 희미하게 보이는 누수의 흔적, 뜯겨나간 벽지, 무질서하게 박힌 녹슨 못 자국과 그 아래 널브러진 옷가지들, 세상모르고 곯아떨어진 아버지. 파국을 향해 질주하는 중늙은이들의 모습에 깊은 환멸과 혐오가 밀려왔다.

어머니가 영이 앞으로 찻잔을 밀었다. 맥심 알갱이를 넣은 커피였다. 웬 거냐고 묻자 배시시 웃더니 영이가 가져간 고기와 과일을 발견하곤 아이처럼 표정이 밝아졌다. 그런 어머니가 영이는 낯설었다. 이를 드러내며 환하게 웃는 건 영이가 한 번도 보지 못했던 표정이거니와 지금의 상황과도 괴리된 기형적인 것이었다. 불화와는 다른 차원의 불길함이 집안을 감싸고 있음을 감지한 영이는 일이 있다는 핑계로 서둘러 집을 나섰다. 그러나 또 한 번 움찔했는데 어머니가 자기의 어깨를 쓰다듬었기 때문이었다. 어머니의 손길에 대한 기억이 영이에게는 없었다.

며칠 뒤 부모에게서 연달아 연락이 왔다. 처음은 어머니였다. 의논할 게 있으니 혹시 다음 주 주일에 올 수 있느냐는 말이 영이는 의아했다. 어머니가 먼저 집에 오라고 하는 건 전에 없던 일이었다. 더군다나 의논이라니. 멍투성이 얼굴을 하고도 기이하게 환했던 어머니의 표정이 떠올랐다.

영이는 일이 많아 힘들겠다고 하며 무슨 일이 있느냐고 물었다. 한참을 머뭇거리던 어머니가 조심스럽게 말했다. 혹시 돈 좀 보내줄 수 있겠니. 의구심이 풀린 영이는 헛웃음을 지었다. 짧은 정적이 흐른 뒤 어머니가 빠르게 변명을 늘어놓았다. 이달 치 월세며 생활비를 감당하기가 힘들다고 조금만 도와주면 힘이 될 것 같다고. 미안하다고.

약속이라도 한 듯 다음날 아버지에게서도 연락이 왔다. 하두 통화가 안 돼서 사무실로 했다. 목소리가 퉁명스러운 게 전화를 피하는 걸 눈치챈 듯했다. 무슨 일이 있느냐고 묻자 기다렸다는 듯 깊은 한숨을 내쉬었다. 아무래도 네 엄마가 정신이 어떻게 된 것 같다고. 그런 뒤 이어진 이야기는 영이의 상상을 훨씬 뛰어넘는 것이었다.

아버지에 의하면 어머니는 종교 단체에 다니기 시작했다. 처음엔 표정도 밝아지는 듯해서 그런가 보다 했는데 점점 심해졌고 급기야 수상쩍어졌다. 일주일에도 몇 번씩 들락거리면서 장사 밑천까지 현금으로 바치더니 급기야 장사를 그만두었다. 봉사할 시간이 부족하시단다. 목청을 높이며 늘어놓은 넋두리에도 영이가 별다른 반응을 보이지 않자 겸연쩍었는지 아버지가 두어 번 헛기침을 했다. 잠깐의 불편한 침묵이 이어졌다. 일을 해야 해서요. 영이가 전화를 끊으려 하자 그제야 다급하게 진짜 용건을 꺼내놓았다. 돈 좀 보내줘야겠다.

벌들이 꿀을 채취해 모은 꽃가루. 아버지가 이번에 관심을 가진 것은 화분이었다. 이미 몇 사람에게서 투자 약속을 받은 상태였고 자신이 투자할 몫만 남았다고 했다. 틀림없다. 느낌이 아주 좋아. 아버지는 희망에 들떠 있었다. 아직은 많이들 모르지만 벌꿀보다 훨씬 영양이 좋다는 사실을 알기만 하면 너도나도 줄을 설 거다. 아버지가 갑자기 목청을 높였기 때문에 영이는 깜짝 놀라 귀에서 전화기를 뗐다. 진짜라니까. 아무튼 내일까지 기다리마. 곧 몇 배로 갚아줄 테니 아무 걱정 말고. 할 말을 끝낸 뒤 아버지는 대답을 기다리지 않고 전화를 끊었다. 그날 밤을 영이는 꼬박 새웠다.

영이는 다음 날 출근하자마자 청소도 하기 전에 컴퓨터부터 켰다. 1년 혹은 3년 단위로 들어놓은 예금계좌 3개와 2번만 넣으면 만기가 되는 3년짜리 적금과 보너스를 받을 때마다 예치해놓은 자유적금 계좌가 화면에 나타났다. 4번을 더 부은 뒤 내년 초에 적금을 타면 모든 예금을 찾아 읍내의 아파트 전세를 얻을 예정이었다.

영이는 천천히 해지 버튼을 클릭해 나갔다. 금리가 좋아 무리해서 넣었고, 그간 몇 번씩이나 고비를 넘겼지만 결국엔 만기를 앞둔 3년짜리 적금 계좌에서는 잠깐 머뭇거리기도 했다. 한 계좌에 모인, 이제는 더 이상 의미가 없는, 아니 어쩌면 더 큰 의미를 담고 있는 숫자들을 물끄러미 바라보았다. 깊은숨을 들이마신 뒤 영이는 반은 어머니 계좌에 나머지는 아버지에게 보냈다. 생각보다 후련했다.

일을 시작하자마자 잇따라 울리는 부모의 전화를 영이는 받지 않았다. 뒤이어 사무실의 전화벨이 울렸다. 전화를 받은 영이는 근무 중이라고 한 뒤 수화기를 내려놓았다. 하루가 지난 뒤 아버지에게 음성 메시지가 왔다. 고맙다고, 조금만 기다리면 좋은 일이 있을 거라고 했다. 화분을 몇 통 보낼 테니 나눠 먹으라고 했다. 어머니에게선 다소 격앙된 음성이 날라왔다. 선생님께 말씀드렸다고, 너를 축복한다고.

자신이 보낸 10년의 시간이 그다지 도움이 되지 못했다는 사실을 영이는 얼마 뒤 불쑥 배달되어온 상자를 보고 알았다. 꿀벌이 그려진 노란색 통이 가득 담긴 상자였다. 호언장담했던 것과 달리 사람들이 그 영양의 결정체에 관심을 갖지 않은 모양이었다. 영이는 처분할 방법이 생각나지 않아 이틀을 비품실 한쪽에 두었다가 과장에게 지청구를 들은 뒤에야 직원들의 책상에 하나씩 올려놓았다. 이거였어요? 탕비실에서 난감해하던 영이에게 호기심을 감추지 못하던 계원이 반색을 했다. 김영이 주임 무슨 사고 쳤어? 이거 아주 비싼 건데. 부지점장이 빠르게 뚜껑을 열고 한 숟가락을 입에 넣었다. 이거 혹시 유통기한 지난 거 아냐, 라고 말한 건 과장이었다.

며칠 뒤 걸려온 아버지의 전화를 영이는 받지 않았다. 전화는 다음 날까지 계속된 뒤에야 끊겼고 이어 장문의 메시지가 연달아 화면에 떴다. 엄마가 이혼을 하자는데 당해낼 도리가 없다고 했다. 미쳐도 단단히 미쳤다고 했다. 영이가 보낸 돈이 목산지 선생인지 하는 사기꾼의 자동차 대금이 되었다고 했다. 하루가 지나도록 답장을 하지 않자 또다시 전화벨이 울렸고 문자가 들어왔다. 딱 한 번만 도와달라고 했다.

익숙한 드라마의 결말을 미리 본 듯했다. 두 사람이 문득문득 떠오를 때마다 영이는 깊은숨을 들이마셨다 내쉬었다. 그때마다 가슴이 뻐근했다. 그런지 오래였다.

설마 무슨 일 있으신 거야?

나중에, 천천히.

그제야 깨순이 고개를 끄덕였다.

그래, 천천히.

24.

깨순이는 한 달 뒤 다시 왔다. 영이가 문을 나서자 사람들이 눈살을 찌푸리는 것도 아랑곳하지 않고 조심성 없이 경적을 울려댔다. 영이가 차에 올라타자 빠르게 시내를 벗어났는데 어디로 가는 거냐고 묻자 들뜬 표정으로 대답했다. 바다. 멀리 가서 밤새워 얘기하자.

한참을 달린 끝에 둘은 한적한 외곽도로에 들어섰다. 노랗게 물든 논과 파란색 양철 지붕과 억새 군락이 나타났다가 사라졌다. 바다가 나타난 건 그 어느 순간이었다. 바다다! 깨순이의 외침에 영이는 창밖을 내다보았다. 자유롭게 뻗어나간 소나무들 사이로 거대한 파란빛이 일렁이고 있었다. 영이로선 처음 보는 바다였다. 예기치 못한 울림이 깊은 곳에서부터 올라왔다. 영이는 창문을 내리고 팔을 내밀었다. 손가락 사이를 부드럽게 빠져나가는 바람의 줄기가 느껴졌다.

  바다가 보이는 펜션에 짐을 푼 뒤 둘은 밖으로 나왔다. 평일이어서인지 바닷가는 한적했다. 거품을 머금은 파도가 빠르게 밀려왔다 멀어지는 게 눈에 들어왔다. 연인으로 보이는 남녀가 서로를 감싸안은 채 깔깔대며 파도를 따라다니고 있었다. 둘은 천천히 백사장을 걸었다. 모래가 부드러웠다.

  좋네.

  바람에 날리는 머리카락을 귀 뒤로 넘기며 깨순이 말했다.

  좋다.

  모래 한 줌을 집어 날리며 영이도 말했다.

  둘은 오래도록 걸었다. 20여 년의 시간이 물결에 떠밀려 밀려오고 있었다. 어떤 시간은 거품처럼 부서졌고 어떤 시간은 파도처럼 솟아올랐다. 어떤 시간은 여전히 심연 어두운 곳에 갇혀있었다.

  깨순이 바바리맨 이야기를 꺼낸 건 혼자 바다를 보고 있는 코트 차림의 남자를 지나쳐 갔을 때였다.

  저 남자 어째 수상한데, 혹시 그거 아냐?

  영이는 깨순을 바라보았다. 눈에 웃음기가 가득했다.

  바바리맨.

깨순이 돌연 입고 있던 코트를 활짝 폈다. 영이는 순간 웃음을 터트렸다.

어 웃어? 옛날엔 막 울면서 도망가더니.

내가?

기억 안 나? 국민학교 때였는데. 우리 학교 가려면 목장집을 지나야 했잖아. 우리 반 애가 하던 데. 걔한테 단팥 아이스크림도 얻어먹은 적 있는데. 그때 집에서 만든 거라는 말을 듣고 어찌나 충격을 받았던지. 우린 냉장고도 없어서 얼음도 못 먹는데 집에서 만든 아이스크림이라니. 요즘 스타일로 완전 수제 아냐. 암튼 걔 이름이 뭐였더라.

신기한 일이었다. 목장집이라는 말을 듣는 순간 기다렸다는 듯 원피스 차림의 소녀 모습이 반짝 떠올랐다.

규리?

그래 규리. 걔 좀 특이했잖아. 예쁜 애가 이에 철사를 감고 다니고. 그때 진짜 이상했는데 지금 생각해보니 이 교정하던 건가 봐. 우리는 이가 썩으면 그냥 뒀다가 빼버렸는데 그 당시에 이 교정을 하다니 진짜 대단하지? 암튼 그 집을 지나는데 갑자기 어떤 남자가 훌러덩 코트를 펼쳤잖아. 너는 놀라서 엉엉 울면서 도망가고. 나는 막 돌 던지면서 욕하고.

기억의 전구 하나가 희미하게 빛을 밝히자 바바리맨에 대한 기억이 앞을 다투어 나타났다. 학교 주변을 서성이던 이상한 남자들. 창가에 붙어서서 소리를 지르거나 욕을 해대던 아이들. 그 사이로 울면서 달리는 꼬맹이의 뒷모습이 보이는 듯했다.

그때, 너 참 용감했는데.

너는 참 겁이 많았고.

맞아, 그랬지.

영이는 무심히 고개를 끄덕였다.

근데 걔는 뭐 하려나, 규리 말이야. 걔는 중학교를 다른 곳으로 갔나? 전혀 기억이 안 나네. 잘살고 있으려나? 에고, 내가 뭘 걔 걱정을 하나. 어련히 잘 살까. 안 그래? 그나저나 바닷가에 오니까 속이 다 시원하다.

기지개를 펴는 깨순을 따라 영이도 높이 팔을 올렸다. 움츠려 있던 세포들이 살아난 듯 손끝과 발끝에서 시원함이 느껴졌다. 해가 지려는지 바다 끝이 붉은 기운으로 조금씩 물드는 게 보였다. 영이는 눈을 감았다. 바다 끝에서 몰려오는 석양을 모두 끌어안을 듯.

갈 때는 보지 못했던 모래성이 눈에 들어온 건 바다가 온

통 붉은빛으로 물들었을 때였다. 모래성은 희미한 풍경 속에서도 훼손되지 않은 채 고고하게 제 모습을 간직하고 있었다. 영이는 끌리듯 다가가 쪼그리고 앉았다.

뭐 있어?

두 발자국 앞서 걷던 깨순이 돌아서서 물었다.

모래성이 있네.

모래성? 아까는 없었는데. 그 사람들이 만들었나 보네. 이 근처에서 데이트하던.

그런가 보다. 아주 잘 만들었어.

잘 만들긴. 모래성이 다 그렇지 뭐. 꼭 묘지 같네.

깨순의 말투가 왜인지 건조했다. 영이는 일어나 그녀에게 다가갔다. 둘은 다시 걷기 시작했다. 잠시 후 깨순이 이야기를 꺼냈다.

이상하지. 너 안 만나고 살 때도 가끔 널 떠올리면 이상하게 그때 생각이 나더라. 다른 재미있었던 적도 많았는데 말이야. 하긴 그럴 만도 해. 남들은 한 번도 안 가봤을 묘지를 허구헌날 갔으니.

갑작스러운 표정의 변화를 영이는 그제야 이해했다.

기억나지? 어렸을 때 떠돌던 말. 12시가 되면 처녀 귀신이 칼을 물고 묘지에 나타난다고 했던 거. 그래서 해가 지면 다른 애들은 그 근처엔 얼씬도 안 했잖아.

그랬지.

그런데 우린 거기에 칼을 들고 갔으니.

영이는 말없이 고개를 주억거렸다.

무서워서 노래도 불렀는데…. 뭐였더라. 따오기? 뜸부기?

'오빠 생각'.

맞다, 오빠 생각. 뜸북뜸북 뜸북새 논에서 울고, 뻐꾹뻐꾹 뻐꾹새 숲에서 울 제…. 야, 노래 진짜 청승맞네.

그러네.

마침 눈에 들어온 벤치에 둘은 끌리듯 다가갔다. 깨순이는 더 이상 아무 말도 하지 않았다. 깊은 생각에 잠긴 듯 바다를 응시할 뿐이었다.

잠시 후 깨순이 낯익은 곡조를 흥얼거렸다.

이 노래도 불렀네. '섬집 아기'. 그땐 왜 이렇게 처량한 노래만 불렀을까, 분명 신나는 것도 있었을 텐데. 아마 그래서, 나도 어떻게든 신나는 노래를 부르고 싶어서 발버둥을 친 건가 봐.

깨순이 자세를 고쳐 앉으며 말했다.

그날 널 봤을 때 얼마나 반가웠던지.

영이는 미소지었다.

웃지 말고. 나 진지하거든. 영이야 이제 우리 절대 헤어지지 말자. 그리고, 미안했어.

뜻밖의 말이었다.

공연히 너한테 화낸 거, 모르는 체 한 거. 나 사실 진짜 사격부 되고 싶었거든. 거기만 들어가면 고등학교도 갈 수 있을 거고. 그런데 너만 되니까 엄청 분하더라고. 네가 정한 것도 아닌데 말이야. 그래서 어린 마음에 너랑 놀지 않겠다고 다짐까지 했다니까. 나 진짜 유치하지.

그랬구나, 그랬구나. 영이는 고개를 끄덕였다.

너는 살면서 뭐가 제일 속상했어? 기습적인 질문이었다. 영이는 왼쪽 가슴에 손을 얹었다. 통증이 느껴졌다. 그날, 자기를 바라보던 청년의 복잡한 시선을 떠올린 탓이었다.

나는 말이야. 깨순이 과장되게 침을 삼켰다. 그런 뒤 이야기의 실타래를 풀기 시작했다.

웃긴 얘기해줄까? 나 옛날에 방통고 애들이랑 괜히 유성에 있는 대학교에 놀러 다닌 적 있다. 원동 헌책방에서 영문

잡지까지 한 권 사서. 그거 옆구리에 끼고 캠퍼스에 있으면 대학생처럼 보일 것 같아서.

　…….

학교 벤치에 괜히 앉아 있다 식당에 가서 학식이라는 것도 먹고. 그러다 진짜 대학생들도 알게 됐거든. 나더러 무슨 과냐고 묻더라. 자기는 무슨 무슨 과라면서. 갑자기 물어보니 생각나는 게 국문과더라고, 그래서 국문과라고 했지. 아무튼. 처음엔 신기해서 좋았는데 두세 번 부딪치다 보니 이런저런 말도 하게 됐거든. 그런데 갑자기 한 명이 나한테 그러더라. 근데 우리 학교 학생 맞죠? 국문과가 전공 책은 안 들고 타임지만 들고 다니는 게 신기하다고. 놀라서 내가 아무 말도 안 하니까 미안하다고 했는데…. 그 뒤로 그 근처엔 얼씬도 안 했어. 근데 웃긴 게, 그 사람 이름도 얼굴도 전혀 기억 안 나거든. 근데 그때 나를 바라보던 눈빛은 잊히지 않는 거 있지.

영이는 마지막으로 그녀를 보았던 때를 떠올렸다.

근데 영이야. 우리 부모들은 책임도 못 질 거면서 왜 자식을 낳았을까. 그래서 화가 더 나고 네가 더 부러웠어. 나도 사격을 했으면 최소한 고등학교는 갔을지 모른다 싶어서. 하긴 나만 그런 건 아니지. 억울한 건 그 자식도 마찬가지겠지. 생각해보면 불쌍한 인간이야.

신파는 너무 뻔해서 현실감이 없고 지루하다. 당연히 감동도, 눈물도 유발하지 못한다. 냉소적인 미소를 지으며 깨순이 꺼낸 이야기도 어디에서나 들을 법한 이야기였다. 술과 폭력과 도박과 눈물이 있는 이야기.

오래전 남은 왼손으로 거울을 깨고 사라진 성철이 다시 나타난 건 동네 사람들의 부러움과 질시를 받으며 산동네를 떠난 지 반년이 지난 뒤라고 했다. 2년 만에 재회한 세 식구는 극적인 상봉을 한 사람들이 그렇듯 서로를 끌어안았고 눈물을 흘렸고 다시는 헤어지지 말자고 다짐했다. 삼겹살을 구웠고 서로의 밥에 얹어주었다. 성철이 집을 나간 뒤 겪었던 고생에 대해 눈물을 흘리며 이야기했고 깨순이 엄마 역시 걸레로 콧물을 닦으며 눈에 띄게 마른 아들의 팔을 쓰다듬었다. 일단은 지친 몸과 마음을 추스르는 게 급선무라며 불판에 연신 고기를 올려놓았다.

엄마도 그간 고생 많으셨다고, 이제부터 잘 살아보자고 환하게 웃던 성철이 변하는 과정은 인물과 사건만 변주되는 아침드라마와 다르지 않았다. 희망은 의심에서 우려로 바뀌었고 빠르게 절망에 귀착했다. 그 간격을 메꾼 건 눈물과 분노와 체념이었다. 결국 모든 것이 원점으로 돌아가는 데는 긴 시간이 필요하지 않았다. 자가에서 전세, 다시 사글세로 주거의 형태가 바뀌는 과정에서 유리 깨지는 소리가 고성과 함께 터져 나오는 일이 빈번해졌다. 거기까지 말한 뒤 깨순이는 잠시 말을 멈추었다. 숨을 내쉬었고 마른 침을 삼켰다.

그래서였을까. 어머니가 다시 화장지 공장에 다니기 시작했다는 것, 평소에는 유순한 성철이 화투만 잡으면 전혀 다른 사람으로 변한다는 것, 할 수만 있다면 돈이라도 써서 그를 가둬버리고 싶다는 말을 들었을 때, 전생의 기억처럼 쑥대밭이 된 집을 빠져나와 두 손을 꼭 잡고 묘지로 숨어들었던 두 아이의 모습이 떠올랐다. 어깨를 바짝 붙인 채 봉분 사이에 쪼그리고 앉아 서로를 위무했던 시간들이.

영이는 아무 말도 하지 않았다. 딱히 할 말을 찾지 못했거니와 어떤 말도 필요하지 않다는 생각이 든 탓이었다.

이제 네 얘기 좀 해봐. 너는, 너는 어떻게 살았니. 자꾸 웃지만 말고.

영이는 가만히 깨순의 손을 잡았다. 어느새 사위가 어두워져 있었다. 발밑에서 들리는 듯 파도 소리가 요란했다.

25.

 그 뒤로 둘은 간간이 만났다. 주로 깨순이가 연락을 했고 출장에서 돌아오는 길일 때가 많았다. 좋은 일이 생겼다고, 우울하다고, 답답하다고 갑자기 들이닥칠 때도 있었다. 실적이 더 좋아졌고, 그에 비례하여 사장의 신뢰는 물론 상당한 액수의 인센티브를 받았고, 그러나 당연하게 질시의 대상이 되었고, 사장을 대신해 투자자들을 상대해야 하는 일이 더 늘었고 그러다 보니 신경전을 벌이는 일이 종종 발생한다고 했다. 언젠가는 잔뜩 상기된 표정으로 나타나 수익이 점점 늘어 사장이 대리점 확장을 고려하고 있는데 자기가 운영할 가능성이 커졌다는 이야기를 들려주었다. 성공하면 내가 너까지 책임질 테니까 내 옆에 딱 붙어 있어. 큰소리를 치다가도 자금이 원활하게 돌아가지 않아 수익 분배 문제로 사장이나 투자자와 마찰을 빚을 때는 다 때려치우고 동네에 두 평짜리 화장품 가게나 열고 싶다며 투덜댔다.

 어머니와의 갈등은 여전하다고 했다. 행상 수입은 물론 깨순이가 보내는 생활비까지 성철에게 주고도 만족하지 못한 어머니가 종종 연락을 했기 때문이었다. 이번에는 마음을 단단히 먹었다, 진짜야. 아무리 열심히 살고 싶어도 받아주는 데가 없는데 어쩌겠냐. 그래도 미치지 않는 게 감사하다. 너 볼 면목이 없다. 그녀는 딸에 대한 미안함과 아들에 대한 안쓰러움 사이에서 갈팡질팡했다. 처음엔 깨순이도 얼마간의 돈을 보냈다. 하지만 아무 소용이 없다는 걸 깨닫고 곧 그만두었다.

가슴 아픈 일은 끝나지 않았다. 어떤 하소연도 통하지 않는다는 걸 알게 된 그녀가 돌연 태도를 바꾸었다. 그녀는 화내고 소리 질렀다. 통곡했고 악담과 저주를 퍼부었다. 깨순이를 중학교에 입학시킨 걸 후회했다. 남편이 하자는 대로 국민학교만 보냈어야 했는데 그래도 중학교는 나와야 시집이라도 가지 않겠느냐고 남편을 설득했던 자신의 입을 찢어버리고 싶다고 했다. 그렇게 하지 않았으면 성철을 인문계에 보낼 수도 있었을 거라고, 그러면 멀쩡하던 애가 저렇게 세상을 포기하지는 않았을 거라고. 사실 매일 애비를 닮아 미친년처럼 돌아치던 너와 달리 성철인 공부에 소질이 있었던 아이라고 짐승처럼 으르렁댔다. 그 불쌍한 아이가 고아처럼 떠돌 때 너는 애비 목숨값으로 따뜻한 밥을 먹지 않았느냐고, 이제라도 마음을 전달해야 하지 않겠느냐고 빚쟁이처럼 채근했다. 깨순이는 말했다. 너무 힘들어서 요즘은 숫제 전화를 받지 않는다고. 그러나 연달아 찍힌 전화번호가 꿈속까지 따라온다고 했다.

영이는 소리를 지르고 저주를 퍼붓는 깨순의 어머니가 상상되지 않았다. 그녀는 사나운 것과는 거리가 먼 사람이었다. 말이 없고 유순해서 차라리 미련하고 답답하게 느껴질 정도였다. 그런 그녀를 그렇게 변하게 만든 건 무엇일까. 하긴 생각해보면 변하지 않는 건 없다. 덜그럭대던 가슴의 돌들이 어느 순간 스파크를 일으키듯. 내면 깊숙한 곳의 피뢰침에 번개가 내려치듯. 모든 게 변한다. 상황도 관계도 마음도. 성철이 변하고 그의 어머니가 변한 것처럼 깨순이도 달라졌다. 쉴 틈 없이 일하고 성철과 어머니를 떠올리는 것만으로도 끔찍하다면서 여전히 그들 때문에 울고 괴로워하는 깨순이도 영이가 알던 그 아이와는 다른 사람이었다.

깨순이네뿐이랴. 어머니도 변하지 않았는가. 백 원짜리 동전에도 벌벌 떨던 사람이, 남편의 무능력과 주사를 운명처럼 감내하던 사람이 난데없이 낯선 표정을 짓지 않았는가. 그리고 나도. 사기꾼으로 몰려 감옥에 갈 바에야 차라리 죽는 게 낫다는 아버지와 남은 생을 성전 봉사에 바치겠다는 어머니의 음성 메시지를 무덤덤하게 듣지 않았던가.

영이는 또 어느 한순간 이 사람과 함께한다면 행복할 수 있겠다고, 놓치고 싶지 않다고 생각하기도 했던 청년을 떠올릴 때 마음에서 아무런 파동도 느껴지지 않는다는 사실을 깨달았다. 떠남과 떠나보냄. 어느 것이 더 후련할까, 혹은 아쉬울까. 떠남은 의지, 계기, 결단, 적극적인 행동을 함의한다는 점에서 후련함에 가까운지도 모른다. 떠나보냄은 남겨짐, 공허, 수동을 담고 있다는 점에서 아쉬움에 가까울지 모른다. 아니, 잘못 알고 있는 건지도 모를 일이다. 떠남은 선택했다는 점에서 미련과 두려움을 동반한다. 떠나보냄은 비자발성, 수긍을 담고 있다는 점에서 은은한 초연함을 띨 수도 있다. 둘 다일 수도, 아닐 수도 있었다. 영이는 생각했다. 자신은 청년을 떠난 것일까, 떠나보낸 것일까. 선택이었을까, 불가피한 것이었을까.

26.

생의 은하수에는 얼마나 많은 우연이 흩어져 있는 것일까. 정직하게 배급되는 8월의 햇빛 같은 것일까, 사막의 모래나 오아시스처럼 너무 많거나 적은 것일까. 미립자로 떠다니다 어느 순간 기습적으로 몸에 스며드는 것일까. 거부할 수 없는 유전자처럼 몸 어딘가에 새겨진 것일까. 애초부터 다른 모양을 하고 있는 것일까. 삶의 온도에 따라 다르게 작용하는 것일까. 만약에 그렇다면, 내 삶은 몇 도일까.

마지막으로 유니폼을 올리자 준비해 온 박스가 맞춤하게 꽉 찼다. 영이는 한숨을 내쉬었다. 12년을 집파일처럼 압축해버리는 건 가능한 일이 아니었다. 아무리 정리해도 없애지 못한 것들은 허물처럼 남았다. 천천히 맨 위에 올려진 카디건을 쓰다듬어 보았다. 좁쌀 같은 보풀들이 손끝에서 느껴졌다. 명찰을 보자 그것을 받았을 때가 떠올랐다. 내근을 하게 된 기념으로 유니폼과 함께 받은 거였다. 처음 그 명찰을 차고 구석구석 창구의 묵은 먼지를 닦을 때 영이는 충만감에 고무되어 있었다.

비는 좀처럼 그칠 것 같지 않았다. 갑작스러운 섬광과 천둥소리가 사무실을 흔드는 걸 신호로 빗줄기가 맹렬한 기세로 내리꽂히자 순식간에 주위가 어두워졌다. 날이 흐리긴 했지만 이렇게 급변할 줄은 예상하지 못한 일이었다. 우산은 산다손 치더라도 박스를 안은 채 대바늘 같은 빗줄기를 뚫고 나가기는 힘들 것 같았다. 차라리 내일이 나았을까. 진로를 바꾼 태풍의 영향으로 주말 내내 호우가 예상된다는 예보를 들으며 영이는 생각했다.

하는 수 없이 비가 잦아들기를 기다려야 했지만 이번 주 내내 정리와 청소를 해둔 터라 할 수 있는 일이 없었다. 혹시 오류가 있을까 싶어 컴퓨터를 켰지만 업무 창 로그인이 되지 않았다. 사번이 취소된 탓이었다. 영이는 하릴없이 사무실을 서성이며 직원들의 책상과 전표 테이블과 고객용 의자를 훑어보았다. 그러다 문득 떠오른 생각에 비품실의 냉장고에서 잊고 있던 옥수수를 꺼냈다. 한 입 베어 물자 차갑게 식은 딱딱한 옥수수 알갱이가 입안에서 굴러다녔다. 막 쪄왔으니 따뜻할 때 먹으라며 옥수수를 준 노인이 봤다면 속상해할 터였다.

언젠가 보이스피싱을 막아준 뒤로 충성고객이 된 노인은 한 달에 한 번 정도 들러 인출을 하거나 공과금을 냈다. 얼마를 찾겠느냐고 물으면 검정비닐에 싸인 옥수수를 내밀며 대답하곤 했다. 암캐나 줘. 이십 만원도 좋고, 삼십 만원도 좋고. 다른 때라면 아마 영이도 웃었을 터였다. 다음엔 감자도 쪄오겠다는 말에 감사하다며 믹스 커피를 타줬을 것이다. 그러나 영이는 웃지 않고 정확한 금액을 알려달라고 했다. 노인의 표정이 실쭉해졌지만 못 본 체했다.

어, 주임님 계셨네요?

갑작스러운 소리에 놀라 뒤돌아보니 김 계장이 서 있었다. 당황한 표정이 역력했다. 영이는 옥수수를 뒤로 감추었다. 아무도 없을 때 짐 정리를 하려 했는데 나쁜 짓을 하다 들킨 것처럼 얼굴이 화끈거렸다.

짐, 정리하시는구나…. 제가 뭐 도와드릴 거라도.

아뇨, 다 했어요. 김 계장님은 웬일로.

김 계장이 책상 위에 있던 쇼핑백을 흔들며 웃었다.

이거 때문에요. 그나저나 비가 많이 오는데…. 어디까지 가세요, 제가 모셔다 드릴게요.

아뇨, 먼저 가세요, 저는 더 정리할 게 있어서.

김 계장이 더 제안하지 않은 건 다행스러운 일이었다.

갑작스러운 계약해지는 다른 직원들마저 당황하게 했다. 여름이 시작되면서 흉흉한 소문이 돌기는 했다. 하지만 한편으로 설마 경영진이 정부의 2년 이상 근무자의 정규직 전환 지침을 어기겠는가, 낙관적으로 생각한 것도 사실이었다.

경영진은 중간을 선택했다. 어느 날 영이는 책상 위에 올려진 두 장의 서류를 보았다. 첫 장엔 모든 계약직에 대한 해지 통고가, 두 번째 장에는 계약 해지된 직원들의 근무 평점과 실적, 기여도를 참고하여 정규직 전환 면접 대상자를 선출한다는 내용이 적혀 있었다. 곧 면접대상자를 선정할 예정이니 총무과 전화를 꼭 받으라는 당부와 함께였다.

영이는 지난 2년간의 실적을 꼽아보았다. 근무 평점이 그럭저럭 괜찮았고 카드도 제법 추진해서 지점장에게 칭찬도 들은 터였다. 어쩌면…. 내면 깊숙한 곳의 희망이 슬며시 싹을 내밀었다. 좋은 일이 생길 거라는 덕담도 간혹 들려왔다. 그중 가장 희망을 준 사람이 김 계장이었다. 김 주임님 올해 카드 이백 프로 하셨잖아요. 보험도 할당량은 채우셨고. 어째 느낌이 좋은데요. 작년에 입사한 김 계장은 연차가 오래되었음에도 영이가 허드렛일을 처리하는 상황을 늘 불편해했다. 복사를 부탁하지도 않았고 바쁜 월말에는 공과금 업무를 도와주기도 했다. 과장으로부터 담당 업무를 구별하지 않으면 일의 절차와 책임이 엉망이 되지 않겠느냐고 주의를 받은 뒤로도 여전히 동전 자루를 끌다 보면 어느새 달려왔다.

그러나 직원들은 물론 김 계장까지 입을 다문 건 채 일주일이 채 지나지 않았을 때였다. 그 생각을 하면 영이는 지금도 얼굴이 화끈거렸다. 그러니까 진작에 사회생활 좀 하지 그랬어. 선물도 막 바치고, 밥도 좀 사고. 네? 창구 앞에 앉은 노인이 무심히 내뱉은 말을 영이는 처음엔 알아듣지 못했다. 몰랐어? 사탕을 입에 넣던 노인이 놀라는 시늉을 하자 그제야 얼굴이 달아올랐다.

굳이 보지 않아도 알 수 있는 일도 있다. 노인을 향한 책망의 눈길, 빠르게 소거된 수런거림, 난처함을 피하려는 바쁜 움직임들. 어르신 그런 말씀 하시면 큰일 나요. 다 절차대로 진행된 일을. 곤란해하는 과장의 말에 노인의 목소리가 커졌다. 내가 뭘 어쨌다고 그래. 남들 다 아는 걸 모르는 게 멍청이지, 어디 김 주임이 말해봐. 그려, 안 그려.

기분이 상한 듯 통장을 받은 뒤에도 일어나지 않고 투덜대는 노인을 일으켜 세운 사람도 김 계장이었다. 그가 아니었다면 영이는 외부인까지 다 아는 정보를 파악하지 못한 일에 대해 꼼짝없이 사과해야 했을 터였다.

그럼, 저부터 가볼게요. 김 계장이 다가와 인사를 했다. 무슨 말인가 더 하려는 듯하더니 그만두었다. 영이는 그를 따라 걸으며 진심으로 말했다. 그동안, 고마웠어요. 김 계장은 어색하게 목례한 뒤 빠르게 차에 올랐다. 차가 비의 로프 속으로 빠르게 사라졌다.

나갈 채비를 한 뒤 영이는 마지막으로 책상을 살폈다. 컴퓨터와 탁상달력, 책꽂이의 업무규정집을 만져보았다. 낡은 마우스 패드를 손끝으로 무심코 집어 들었다. 손끝의 익숙한 질감에서 이곳에서의 시간을 기억하려 했다. 그때였다. 뒤에 붙어 있던 무언가가 바닥으로 하르르 떨어졌다. 언젠가 운전면허증 갱신을 위해 찍었다며 그가 주었던 증명사진이었다.

1년은 그를 잊기에는 충분하지 못한 시간이었다. 생각보다 그에게 많이 기울었다는 사실을 영이가 깨달은 건 오랜 시간이 흐른 뒤였다. 그 사실에 영이는 당혹감을 느꼈다. 잠자리에서 불을 끄다가도, 고객에게 통장을 내주다가도 꽈배기나 단팥빵을 슬그머니 창구에 내려놓던, 첫 데이트 날 시선 둘 데를 찾지 못하고 허둥대던, 퇴근 시간 멀찍이 서서 자기를 퇴근하기를 기다리던 그가 떠올랐다. 새 옷 칭찬에 아이처럼 쑥스러워하던 걸 생각하면 가슴이 저려왔다. 대체 왜 그랬던 걸일까. 어떤 두려움이 그날 자신을 흔들었던 것일까. 어쩌자고 그 선한 마음을 할퀴었던 것일까. 돌변한 자신을 향한 청년의 곤혹스러운 눈빛을 영이는 오랫동안 잊지 못했다. 서둘러 빼다 바닥에 떨어뜨린 반지를 줍던 그의 두

툼한 등도.

  한동안 영이는 길을 걸을 때 습관적으로 주위를 둘러보았다. 멀리서 그를 발견하게 된다면, 우연히 마주치게 된다면, 버스나 쇼핑센터의 엘리베이터처럼 서로를 외면할 수 없는 공간에 놓이게 된다면 어떻게 되는 걸까 걱정하면서도 기대했다. 하지만 그런 일은 생기지 않았고 5분만 걸으면 누구라도 아는 얼굴을 볼 수밖에 없는 좁은 소도시에서 단 한 번도 마주치지 않는 걸 의아해하면서 아쉬움과 안도감을 동시에 느꼈다. 그러다 문득 그의 계좌를 찾아보았고 만기가 된 예금과 적금이 다른 지점에서 해지 처리되었다는 걸 알았다.

  라디오에선 정규 방송 틈틈이 기상 특보가 흘러나왔다. 홍수가 예상되니 되도록 외출을 삼가고 저지대 주민은 라디오에 귀를 기울이라는 안내를 들으며 영이는 사무실을 나섰다. 이렇게 비가 쏟아지는데 주말에 무슨 일로 출근을 했어요. 말을 건네는 택시 기사의 얼굴이 낯설지 않았다. 고객이라는 뜻이었다. 근데 특판은 언제 시작해요? 비가 진짜 무섭게 내리네요, 내일 출근하기 힘들겠어요. 아무래도 택시를 잘못 탄 듯했다.

영이는 등을 대고 눈을 감았다. 기사가 라디오를 틀었다. 비 오는 수요일엔 빨간 장미를. 그리운 소식 하나 전해 듣고 계속 노래 듣겠습니다. 진행자의 나지막한 음성이 차 안에 울려 퍼졌다. 15년 전 함께 야간고등학교에 다니며 우정을 쌓았던 친구를 찾는다는 내용이었다. 사는 게 너무 힘들어 연락을 못 하고 헤어졌는데 꼭 한번 만나고 싶습니다. 노래를 흥얼거리던 기사가 엽서 사연에 맞장구를 쳤다. 야간고등학교라, 맞아요, 옛날엔 그런 학생이 많았지. 낮엔 일하고 밤에 공부하고. 호응을 기대하는 기사의 말을 영이는 못 들은 체했다.

차는 가다 서다를 반복하느라 좀처럼 시내를 빠져나가지 못했다. 익숙한 간판들이 눈에 들어왔다. 정혜어살롱, 롯데리아, 깡통, 모던 커피. 조금씩 멀어져가는 간판의 글자들을 입속으로 읽어보았다. 기다렸다는 듯 10년째 바뀌지 않고 걸려있는 미장원의 빛바랜 액자, 새우버거, 처음 월급을 탔을 때 블라우스를 샀던 일이 기억났다. 그리고, 커피가 너무 쓰다며 설탕 스틱 세 봉지를 넣으며 쑥스러워하던 그가. 이제 떠나야 해서일까. 요 며칠 사이 지난 시간들이 기습적으로 떠오르곤 했다. 기억의 부력은 그를 밀어 올렸고 그러면 어김없이 가슴에서 파동이 일어났다. 하지만 그 파동도 곧 내면 깊숙한 곳으로 침잠해갈 것이라고 영이는 믿었다.

4부

요양사의 시간

27.

 영이는 집주인에게 계약이 만료되는 달 보증금을 빼달라고 요청했다. 딱히 어떻게 하겠다는 계획이 있던 건 아니었다. 직장 때문에 머무른 곳이니 그저 떠나야 하지 않을까 막연히 생각했을 뿐이었다. 그러나 방이 나가지 않았다. 몇 년 사이에 기하급수적으로 늘어난 원룸을 두고 낡은 주택 한쪽 방에 들어오려는 세입자가 없었기 때문이었다. 한두 달만 더 기다려보고 그때까지 집이 나가지 않으면 달러 빚이라도 얻어다 보증금을 빼주겠다고 하던 주인은 만기 날짜가 3개월이 넘어가자 이렇게 된 거 전기세는 따로 받지 않을 테니 그냥 1년을 더 사는 게 어떻겠냐고 제안해 왔다. 말이 제안이었지 선뜻 대답을 하지 않자 금세 샐쭉해져 아무튼 그냥 살든지, 아는 사람이라도 데려다 놓고 나가든지 하라며 태도를 바꾸었다.

 딱히 갈 곳도, 가고 싶은 곳도 없었기에 영이는 그렇게 하겠다고 했다. 그러다 감기 기운 때문에 들른 병원에서 우연히 옛 고객을 만났고 그가 운영하는 아이스크림 대리점에서 일하게 되었다. 대리점은 번화가의 목 좋은 곳에 위치한 곳이었다. 그러나 배스킨라빈스 아이스크림 전문점과 대형

슈퍼가 들어오면서 매출 하락을 겪었고 5년이 지났을 때 사장은 차라리 월세를 받는 게 낫겠다며 문을 닫았다.

그다음 직장인 신문지국은 아이스크림 대리점 주인의 아들이 하는 곳이었다. 그는 한겨레와 조선일보, 동아일보와 경제 신문 등 모든 신문을 취급하는 읍내 유일의 신문지국이라는 자부심으로 가득 찬 사내였다. 지국을 운영하는 것도 이윤보다는 엘리트적 자부심을 견지하기 위함이 컸다. 당연히 구독자를 늘리는 것에도 별 관심이 없어서 아이스크림 대리점 사장에게 받은 돈으로 월세를 충당해나갔다. 그는 로터리 클럽과 청년 실업가 협회 활동을 하느라 자주 지국을 비웠는데 그 덕분에 영이는 한가로운 직장 생활을 할 수 있었다. 그러나 지국장의 불성실과 종이 신문 구독자 수의 급감이 맞물려 운영이 위태로워지자 아이스크림 대리점 사장이 아들에게 직접 출납업무를 하지 않으면 더 이상 지원해주지 않겠다고 엄포를 놓았기 때문에 다시 그곳을 나와야 했다.

아이스크림 대리점과 신문 지국에 다니는 동안 영이는 두 번 이사했지만 근방을 벗어나지는 않았다. 20대와 30대를 보내는 동안 완전히 익숙해진 그곳을 떠날 엄두가 나지 않아서였다. 그러는 사이 영이의 얼굴에 자잘한 주름이 퍼져나갔다. 눈에 띄지 않을 만큼 눈꺼풀이 내려왔고 피부가 건조해졌다. 미스 김, 아가씨, 새댁 대신 애기 엄마, 사모님, 아줌마라고 불리는 일이 많아졌다.

영이는 약국 사무원이 되었다. 영이는 버스 정류장 한쪽에 놓여 있던, 마침 그날 배포된 무가지 생활정보지를 보고 그 일을 구했다. 그곳에서는 문을 열기 전 간단한 청소와 처방지를 컴퓨터에 기록하고, 약을 기다리는 환자들에게 박카스나 쌍화탕을 건네주는 일을 했다. 딱히 신경을 쓸 필요 없는 기계적인 일인 데다 보수에 비해 비교적 품도 덜 드는 그곳에서 영이는 오랫동안 일하고 싶었다. 약국이 중심가에 위치했기 때문에 매출 부진을 겪을 일도 없어, 성실하게 일하면 충분히 그럴 수 있을 것 같았다.

그러나 그렇게 되지 않았다. 약사가 취직을 부탁한 먼 친척의 딸을 맡기로 했기 때문이었다. 상황을 설명하며 약사는 다만 출근을 서두르는 건 아니니 천천히 직장을 알아보라고 했다. 영이는 다시 생활정보지를 들여다보았지만 사십을 훌쩍 넘긴 여자가 갈 곳은 많지 않았다. 그나마 나이 제한이 덜한 곳도 컴활이나 운전면허증을 요구하는 곳이 대부분이었다.

차라리 이 기회에 실업수당 받으면서 자격증 같은 거 따는 것도 괜찮지 않을까요, 요양보호사 같은.

박카스를 내밀며 약사가 말했다. 그것도 괜찮을 듯했다.

그곳에서 영이는 다섯 달을 근무했다. 마지막 날은 덤덤하게 지나갔다. 그러나 영이는 오랜 시간이 지난 뒤, 많은 것이 흐릿해진 뒤에도 그날의 풍경을 오랫동안 기억했다. 가을이었고 도로를 에워싼 은행나무 잎은 짙은 노랑 빛을 띠고 있었다. 마지막 손님은 낯익은 모자였다. 문이 열리자 선선한 가을바람이 약국 내부로 불어왔다. 어서 오세요. 반갑게 건네는 인사에도 여자는 찌푸린 표정을 펴지 않았다. 잔병치레가 잦은 아이 때문인지 미간엔 늘 세로 주름이 잡혀 있었다. 아이가 비타민 사탕을 먹는 동안 여자는 남편에게 전화를 걸어 불평을 늘어놓았다. 늘 그랬듯 고마워, 고생, 외식 따위의 단어들이 파편적으로 들려왔다. 남편분이 정말 자상하신 거 같아요. 조제약을 내밀며 약사가 아는 체를 하자 그렇긴 해요. 조금 답답해서 그렇지, 라며 여자는 샐쭉 웃었다.

여자는 약을 받은 뒤에도 금방 가지 않았다. 남편이 데

리러 오기로 했다며 출입문 앞에서 서성거리다 영이가 다른 사람들의 처방전을 기입하고 식염수와 파스와 타이레놀과 게보린을 판 뒤에야 문을 나섰다. 저렇게 반가울까. 밖을 내다보던 약사가 중얼거렸다. 오늘은 일찍 가라는 약사의 배려에 퇴근 준비를 하던 영이도 고개를 돌렸다. 약국 앞에 봉고차를 댄 채 손을 흔드는 남자가 어쩐지 눈에 익었다. 영이는 문 쪽으로 다가가 이마를 댔다. 머리가 희끗해지고 볼살이 조금 붙은 듯했지만 분명 그였다. 저런 남자랑 결혼을 했어야 했는데, 그죠? 그에게서 시선을 떼지 않은 채 약사가 미소지었다.

영이는 다시 가방을 내려놓았다. 의아해하는 약사에게 생각해보니 약장 정리를 해야 할 것 같다고 했다. 그럴 필요 없다며 약사가 손사래를 쳤다. 어차피 일찍 가봤자 할 일도 없어요. 영이는 한쪽에 약상자를 내려놓으며 웃었다.

28.

영이가 외곽의 요양원에 출근한 지 한 달쯤 지났을 때, 낯선 번호가 휴대전화 창에 떴다. 마침 점심시간이 시작되었기 때문에 영이는 미처 전화를 받지 못했다. 그도 그럴 것이 생의 흥미를 유실한 노인들에게 정해진 시간 안에 밥을 먹이는 일은 쉬운 일이 아니었다. 그들은 쉽게 입을 벌리지 않았고 음식을 씹지도 넘기지도 않았다. 기력이 남아 있는 몇은 혀로 밀어내거나 심한 경우에는 영이에게 침을 뱉으며 소리를 질러댔다.

간신히 밥을 다 먹인 뒤에야 전화를 받자 젊은 남자의 목소리가 들려왔다. 경기도 양평 파출소라고 했다. 파출소라니, 터무니없다는 생각에 영이는 전화를 끊었다. 영이는 자리에서 일어나 식판을 챙겼다. 전화벨은 그 뒤로도 한참을 울렸고 정말 파출소일지도 모른다는 생각과 함께 의아함을 느낄 즈음에야 겨우 잠잠해졌다. 그러나 뒤이은 메시지에 영이는 잠깐 숨을 멈춰야 했다. 이향자 씨를 보호하고 있으니 연락바랍니다. 영이는 서둘러 통화 버튼을 눌렀다.

증발한 부모를 영이는 처음엔 애써 떠올리지 않았다. 그리움이라든가, 섭섭함이라든가, 미움이라든가 하는 감정의 찌꺼기가 고이지 않도록 조심했다. 그러나 떠올리지 않기 위해 애쓰다니, 감정을 느끼지 않기 위해 조심하다니, 생각해보면 가당치 않은 말이었다. 다행히 시간은 영이의 편에 섰다. 부모에 대한 이미지는 점점 희석되었고, 그들과 함께

했던 시간들이 전생처럼 아득하게 느껴졌고 종내에는 덤덤해졌다.

사정을 둘러댄 뒤 영이는 서둘러 요양원을 나섰다. 하지만 막상 거리에 서니 어떻게 해야 할지 판단이 서지 않았다. 경기도에 있다는 그 파출소도 어떻게 가야 하는 건지 막막하기만 했다. 영이는 차부로 향했다. 겨우 택시에 올라타니 기다렸다는 듯 후드득 가슴이 요동을 쳤다.

고속도로와 국도를 택시는 끝도 없이 달렸다. 낯선 풍경들이 휙휙 지나갔다. 평야와 산이 보이는가 싶더니 어느새 왼쪽으로 끝이 없을 듯한 강이 이어졌다. 영이는 내비게이션을 보았다. 안내대로라면 정확히 24분 후에 어머니를 보게 될 것이었다. 그녀가 어떤 모습을 하고 있을지는 짐작이 되지 않았다. 그녀와 맞닥뜨리는 순간 무슨 말을 해야 할지도…. 그녀는 대체 어쩌다 이 낯선 곳까지 오게 된 것일까. 탁한 강물을 바라보며 영이는 입술을 깨물었다.

영이는 에어컨을 조절하고 있는 경찰관에게 다가갔다. 용무를 들은 경찰관이 한쪽에 마련된 대기 의자를 바라보았다. 행색이 초라한 늙은 여자가 불안한 눈으로 주위를 살피고 있었다. 영이와 여자를 번갈아 바라보는 경찰관의 눈빛이 사나웠다. 어머니를 유기한 것이 아닌가 그는 의심하고 있었다. 영이는 자리에 선 채로 그녀를 바라보았다. 눈물은 나오지 않았다.

영이는 천천히 어머니를 불렀다. 그러지 않으려 했지만 저절로 목소리가 떨렸다. 영이를 본 어머니의 표정이 복잡하게 일그러졌다. 모녀의 재회를 지켜보던 경찰이 상황을 알려주었다. 말을 하지 않는다고. 겁에 질려 있다고. 주머니에 들어있던 주민등록증이 아니면 꼼짝없이 시설로 들어갈 뻔했다고. 이 더위에 뙤약볕 아래에서 잠을 자다 발견되었다고. 조금만 늦어도 열사병으로 큰일이 날 수도 있었다고.

자정이 넘어서야 영이는 집에 도착했고, 그러자 긴 여행을 한 듯 피곤이 몰려왔다. 어머니도 그랬던 것 같았다. 서둘러 씻긴 뒤 샤워를 하고 나오니 그녀는 어느새 싱크대에 기댄 채 잠에 빠져 있었다. 좁은 주방에 침구를 펴고 어깨를 잡아주자 허물어지듯 한쪽으로 눕더니 이내 코를 골았다. 영이는 식탁 의자에 앉아 물끄러미 어머니를 바라보았다. 나쁜 꿈을 꾸는지 움푹 들어간 한쪽 뺨이 자주 실룩거렸는데 그래서인지 고작 70대에 들어섰을 뿐인데, 90세라고 해도 믿을 만큼 나이 들어 보였다.

어머니의 신은 그녀의 헌신에도 구원의 은사를 내리지 않았던 것일까. 그토록 사랑하는 신에게 어머니는 버려진 것일까, 도망 나온 것일까. 나를 알아보기는 한 걸까. 내 생각을 하기는 했던 것일까. 묻고 싶은 말들이 목구멍까지 차올랐다.

어머니는 꼬박 하루를 자고 다음 날 저녁이 다 되어서야 눈을 떴다. 불을 켜자 자신이 있는 곳이 어디인지 판단이 되지 않는 듯 주위를 살피다 정강이를 짚으며 주춤주춤 일어났다. 자신을 따라 나온 그녀에게 영이는 식탁 의자를 빼주었다. 밥과 국을 퍼서 식탁에 올려놓았다. 앉으세요. 건조하게 말한 뒤 자신도 자리에 앉았다. 그때 심하게 뒤틀리고 변형된 어머니의 손가락이 눈에 들어왔다.

29.

어머니의 상태는 조금씩 나아졌다. 같이 지내는 시간이 길어지면서 처음과 달리 불안해하며 주위를 살피는 일이 줄어들었고, 눈이 마주쳐도 더 이상 놀라지 않았다. 식사를 하기 시작했고 영이가 내미는 붕어빵을 수줍게 받아들기도 했지만 심리적인 충격에 의한 실어증일 가능성이 높으니 차차 좋아질 거라는 의사의 진단과 달리 좀처럼 입을 열지는 않았다.

그러던 어느 날이었다. 현관에서 신발을 벗던 영이는 무언가가 달라진 듯한 느낌에 고개를 갸웃거렸다. 출근 때와는 분명 달랐지만 딱히 무엇이 바뀌었는지는 알 수 없었다. 소소한 물건의 배치가 달라진 건 아닌가 싶었지만 거실의 제라늄 화분도, 앉은뱅이 테이블도, 하다못해 식탁의 휴지도 같은 자리에 놓여 있었다.

계속되는 미묘한 변화가 어디에서 기인한 건지 알게 된 건 주말 오전이었다. 식사 후 가스레인지를 닦다 문득 떠오른 생각에 영이는 고개를 들었고 벽타일에 좁쌀처럼 붙어 있던 기름때가 말끔하게 사라졌다는 걸 알았다. 그러고 보니 몇 달째 청소를 미뤄두었던 후드도, 싱크대와 개수대 사이 실리콘의 검은 곰팡이도 깨끗하게 제거된 상태였고 아무렇게나 묶어둔 비닐봉투도 가지런히 접혀 있었다.

변화는 계속되었다. 다음 날엔 베란다 유리가 한결 투명해졌고 그다음 날엔 커튼에서 청결한 향이 풍겼다. 며칠 뒤에는 화장실 바닥의 줄눈이 하얗게 변했고 수건에서도 희미하게 소독 냄새가 났다. 타일과 샤워기의 물때도 말끔하게 씻겨 있었다. 그건 어머니가 낮 시간을 온통 쓸고 닦는 데 전념했다는 의미였고 계획이 필요한 그런 행동은 의지가 없다면 지속하기 어려운 것이었다. 문득 말을 못 하는 게 아니라 어쩌면 안 하는 것일지도 모른다는 생각이 든 건 그래서였다.

의문은 곧 풀렸다. 며칠 뒤 퇴근을 하던 중 분리수거를 하는 어머니를 발견하고 그 자리에 섰다. 왜인지 머뭇거리는 어머니를 자세히 보니 손잡이가 깨진 머그잔을 들고 있었다. 이윽고 놀라운 일이 벌어졌다. 한참을 고민하던 어머니가 경비원에게 말을 거는 것이었다. 도자기 잔을 어떻게 처분해야 하는지 묻는 것 같았다. 그녀가 영이를 본 건 경비원이 알려준 대로 한쪽에 놓인 마대자루에 잔을 버린 뒤 걸어오던 중이었다. 그녀는 놀란 듯 머뭇거리다 영이가 뒤돌아서 걷자 풀죽은 아이처럼 뒤를 따랐다.

쓰레기 버리셨어요.

으, 응….

갈라진 그녀의 음성을 듣자 뜨거운 무언가가 울컥 올라왔다.

미안함 때문인 걸까, 아니면 생에 대한 체념 때문인 걸까. 그 뒤로도 건네는 말에만 대답할 뿐 좀처럼 입을 떼지 않는 모습을 볼 때마다 영이는 문득문득 궁금했다.

영이는 어머니가 불편했다. 영이에게는 어머니와 무언가를 함께한 경험이 없었다. 눈을 맞춰본 적도 없었고 소소한 고민, 걱정, 불안, 기쁨, 두려움, 열망 등에 대해 이야기를 나눠본 적도 없었다. 칭찬을 들었던 적도 꾸지람을 들었던 적도 없었다. 안겨본 적도 맞아본 적도 없었다. 그녀에 대한 자신의 감정이 어떤 층위에 놓여 있는지도 정확히 알지 못했다. 사랑하는 것 같았고, 미워하는 것도 같았다. 그건 불안정한 감정과 열등감을 허세로 감추려 했던 아버지에 대한 원망과는 전혀 다른 것이었다.

익숙한 관계의 방식 그대로 이렇게 데면데면 지내는 게 편하다는 생각이 든 건 그래서였다. 집 떠나기 전 어머니가 자기의 등을 쓰다듬었을 때 느꼈던 불편함을 떠올린 영이는 그녀가 마음을 바꾸어 말을 걸까 봐 어느 순간 덜컥 겁이 나기까지 했다. 만에 하나 내면에 있는 것들을 작정하고 끄집어낸다면, 혹여 그 과정에서 사과의 뜻을 비친다면, 새삼 다정한 관계를 희망한다면 어떻게 반응해야 할지 막막했다. 얼마 뒤 깨순이를 대하는 엄마의 표정을 보았을 때 당혹감을 느낀 건 그래서였다.

30.

깨순에게서 전화가 온 건 토요일 아침이었다. 어머니도 볼 겸 집으로 오겠다는 말에 영이는 급하게 떠오르는 카페 이름을 댔다. 셋이 둘러앉아 이야기를 나누는 건 생각만으로 곤혹스러운 일이었다.

깨순은 납골당에 다녀오는 길이라고 했다. 엄마 사진을 보니 너희 어머니 생각이 났다고 말하는 모습이 조금 피곤해 보였다. 몸짓은 조용했고 목소리의 톤도 낮았다. 화장이 옅어지고 화려한 액세서리를 걸치지 않아서인지 더 작아 보이기도 했다.

어머니가 돌아가셨다며 깨순이 전화를 한 건 작년 이맘때였다. 비번에게 업무를 부탁한 뒤 서둘러 병원으로 가면서도 영이는 그녀의 부음이 실감나지 않았다. 얼마 전만 하더라도 목돈을 주지 않는다는 이유로 빗자루를 휘두르며 악을 썼다는 얘길 들었는데 택시를 타고 가는 내내 마음이 뒤숭숭했다.

깨순은 날 선 표정으로 장례식장 직원과 절차를 의논하

다 영이가 다가서자 흐느끼기 시작했다. 너무 화가 나는데 왜인지는 모르겠다고 했다. 어머니는 저녁 늦게 일어나 홀리듯 화투를 치러 집을 나서는 성철을 잡다 갑자기 쓰러졌다고 했다. 급성 심근경색에 의한 심장마비였다. 성철은 빈소 한쪽에 얼굴을 파묻은 채 쪼그리고 앉아 있었다.

그게 벌써 1년 전의 일이었다.

알았으면 나도 같이 갔으면 좋았을 텐데. 시간이 정말 정신없이 흐르네.

너도 신경 쓸 것 많은데 뭐.

영이가 건네는 커피를 받으며 깨순이 말했다.

오빠는?

안 왔어. 왔다 갔을 수도 있고.

영이는 고개를 끄덕였다.

좀 괜찮아지셨어?

모르지. 어떻게든 살고 있겠지.

그렇네. 너는?

괜찮아. 원래 혼자였는데 뭐.

깨순은 말은 그렇게 하면서도 연신 큼큼 소리를 냈다.

너는 어때. 일은 할 만하고?

그렇지 뭐.

허긴 노인네들 뒷바라지가 보통 일이겠어. 그나저나 어머니는?

그렇지 뭐.

무심코 대답을 하다 영이는 자기도 모르게 실소했다. 깨순이도 따라서 픽, 소리를 냈다.

우린 왜 맨날 이런 말만 하지?

그러니까. 왜 맨날 이럴까?

잠시 정적이 두 사람 사이에 내려앉았다. 얼음이 녹은 커피를 무심히 흔들던 깨순이 휴대전화를 집어 들며 말했다.

가자.

가게? 저녁 먹고 가.

그럴 거야.

너무 이른데.

맛있는 거 사가서 어머니랑 같이 먹자. 그러려고 온 거야, 너 보러 온 게 아니고.

미처 말릴 새도 없이 깨순은 출구로 향했다. 일어나지 않을 도리가 없었다.

문을 열자 돋보기를 쓴 채 일어서는 어머니가 눈에 들어왔다. 역시나 남방이 앞에 놓여 있었다. 영이의 미간이 저절로 찌푸려졌다.

어머니가 새로 시작한 건 바느질이었다. 비단, 솔기가 나가거나 단추가 떨어진 옷뿐만이 아니었다. 장롱 속을 샅샅이 뒤져가며 일거리를 찾았고 실이 느슨하거나 올이 튀었거나 박음질이 반듯하지 않은 옷을 발견하기라도 하면 눈물을 흘려가며 수선을 하는 중이었다. 아무리 말리고 화를 내도 소용이 없었다.

어머니 안녕하셨어요? 우리 어머니 너무 오랜만이다.

환하게 웃으며 들어간 깨순이 어머니를 안았다. 겁결에 안긴 어머니의 표정이 난처함으로 일그러졌다. 놀란 건 영이도 마찬가지였다. 어머니의 손조차 잡은 기억이 없는 영이로서는 무람없는 깨순이의 행동이 낯설면서도 동시에 가슴 아프게 다가왔다.

어머니 저 성숙이에요. 옛날에 신흥동 살던.

신흥동이라는 말에 한결 표정을 누그러뜨린 어머니가 천천히 미소지었다.

성숙이.

와 알아보시네. 맞아요, 성숙이.

깨순이가 다시 한번 어머니를 감싸 안았다. 난처해하던 좀 전과 달리 어머니도 한결 편안한 표정을 지었고 식탁에 앉자는 말에도 순순히 따랐다.

많이 드세요, 어머니.

깨순이 건넨 치킨을 어머니는 연신 달게 먹었다. 튀긴 지 오래되어 눅눅해진 껍질까지 살뜰하게 입에 넣었는데 반면 영이가 사자고 한 초밥과 수육에는 손도 대지 않았다. 치킨을 좋아하시네. 기름진 걸 좋아하지 않을 테니 사지 말라고 한 걸 떠올린 깨순이 입모양으로 말했다. 영이는 불쑥 식탁에 수시로 올라오는 쑥갓무침을 떠올렸다. 쑥갓무침은 향과 색이 너무 강렬해 영이가 유일하게 싫어하는 음식이었다. 모녀가 서로에 대해 전혀 아는 게 없다는 생각에 쓴웃음이 지어졌다.

식사를 마친 뒤에도 어머니는 식탁을 떠나지 않았다. 늘 서둘러 자리에서 일어나던 걸 생각하면 의외의 일이었다. 먼저 일어난 건 오히려 영이였다. 깨순의 말에 귀를 기울이고 간간이 미소짓는 어머니가 낯설었거니와 무엇보다 나란히 앉아 이야기를 나누는 게 불편하고 어색했기 때문이었다. 영이는 방으로 들어가 누웠다. 피로감이 몰려왔다. 뭐라 재잘거리는 깨순이의 말소리가 빗소리처럼 아련하게 들려왔다. 언뜻 어머니의 웃음소리를 들은 것도 같았다.

서늘한 기운에 이불을 끌어 올리던 영이는 깜짝 놀라 눈을 떴다. 창밖이 캄캄했다. 휴대전화를 보니 11시가 넘어가고 있었다. 나 집에 도착. 너 자는 덕분에 어머니랑 실컷 얘기했네. 깨순에게 톡이 온 것도 벌써 한 시간 전이었다. 깨우지 그랬어. 미안. 영이는 서둘러 답장했다. 카톡이 읽음 표시로 넘어가면 전화를 걸 생각이었지만 숫자는 사라지지 않았다. 영이는 자리에서 일어났다.

어머니는 한 손으로 얼굴을 받친 채 잠들어 있었다. 웅크린 모습이 늘 그렇듯 잔뜩 겁에 질린 달팽이 같았다. 같이 지낸 지 벌써 여러 달이지만 어머니는 여전히 야생에 혼자 떨어진 짐승처럼 긴장되어 있었다. 가뜩이나 관절염이 심한 손이 저리지 않을까 걱정되었지만 영이는 그대로 문을 닫았다. 곤히 잠들었다가도 손길이 느껴지면 소스라치게 놀라는 걸 알기 때문이었다.

31.

 가을이 지나고 겨울이 지나고 봄이 지나갔다. 어떤 계절은 빨리 사라졌고 어떤 계절은 오래 머물렀다. 시간의 움직임은 마음의 보폭에 영향받은 것이었다. 한데 뒤섞인 채 숨죽이고 있던 감정들, 불편함, 낯섦, 자괴감, 쏟아지는 의구심, 어색함, 평안함, 안도, 잠깐의 기쁨, 돌연한 체념들이 기회를 엿보다 돌연 모습을 드러냈다.

 가령 이런 경우였다. 끊임없이 집안일을 찾다 결국엔 하지 않아도 될 일을 만들면서까지 몸을 혹사하는 것에 대한 의구심이나 독감 때문에 병원에 가던 날 비척거리며 걷는 어머니의 뒤를 따라갈 때. 혹여 넘어지는 불상사가 일어나지 않을까 노심초사하면서도 끝내 부축하지 못하는 자신에 대한 자괴감이 느껴질 때면 시간은 늪에 빠진 듯 꼼짝도 하지 않았다. 그러나 식탁에 앉아 마늘을 까거나 어느 순간 무심코 트로트 멜로디를 흥얼거리는 어머니를 보았을 때의 평화로운 시간은 리듬을 타며 부드럽게 흘러갔다.

 요양사의 시간도 다르지 않았다. 영이가 담당하는 607호실의 노인들은 건강, 날씨, 과거의 기억, 가족과 관련하여 가변적인 요인이 발생할 때마다 기분 상태가 달라졌고 신체 반응도 그에 따라 바뀌었다. 병실에 들어오는 모든 사람들에게 늘 미소 띤 얼굴로 인사를 건네는 김은 가족이 다녀간 날이면 하염없이 창밖을 응시하다가 어김없이 심술을 부렸다. 이렇게 살 바에야 굶어 죽는 게 낫다고 밥을 거부하는가 하면 용변을 본 뒤에 함부로 기저귀를 벗겨내서 옷은 물론 침구에까지 오물을 묻혔다. 설상가상으로 늘 기분이 좋지 않아 혼잣말로 화를 내거나 소리를 지르는 최가 눈이라도 흘기면 기다렸다는 듯 종주먹을 들이댔다. 두 노인은 서로에게 상스러운 욕과 저주를 퍼부었고 분이 풀리지 않으면 주변에서 갈거나 콧줄이나 기저귀를 갈거나 환기를 시키고 있는 영이에게 목이 쉬도록 소리를 질렀다. 그럴 때면 인간에 대한 염오와 연민이 동시에 느껴졌다. 아무리 많은 일을 처리해도 시간은 정지해버린 듯 분침조차 움직이지 않았고 기진맥진한 상태로 퇴근한 뒤에는 온몸을 관통하는 근육통에 잠을 이룰 수가 없었다.

반대로 침울한 기운을 연신 발산하던 노인의 느슨한 회로가 어느 순간 이어지고 지혜롭고 품위 있던 과거를 짐작하게 할 때도 있었다. 치매를 앓고 있는 박은 역사 교사 출신이었다. 다소 성정이 괴팍한, 잘 웃지 않는 사람들이 대개 그렇듯 눈 밑 살과 입술이 길게 처져 있었다. 그녀는 607호실에서 유일하게 건강한 두 다리로 요양원을 돌아다녔다. 틈만 나면 주변을 정리했고 아침 식사 전에 샤워를 한 뒤 라벤더 향 바디로션을 발랐다. 그녀는 입소한 지 6개월이 지나도록 공동생활에 적응하지 못했다. 병실에 떠도는 퀴퀴한 악취와 소독약 냄새, 소란스러운 텔레비전 볼륨, 방문객의 발자국과 웃음소리에 늘 화가 나 있었다. 열악한 요양원 실태를 신고하겠다며 틈만 나면 밖으로 나가려 하는 통에 놀란 적이 한두 번이 아니었는데, 그런 그녀에게서 예기치 못한 위로를 받기도 했다.

빨리 시작된 여름의 햇볕이 요양원을 포위해버린 날 영이는 연신 안 하던 실수를 했다. 김에게 연거푸 음식물을 넣어주어 사레 걸리게 하는 바람에 한바탕 난리를 치렀다. 유리컵을 깨트렸고 박의 성화에 서둘러 치우다 검지에 상처를 입고 말았다. 손가락에 밴드를 붙이노라니 여름 풀처럼 자라나는 불길함을 더 이상 외면할 수 없겠다는 생각이 들었다. 점심 식사를 마친 노인들이 가벼운 단잠에 빠져든 오후 영이는 잠시 복도 의자에 앉아 심호흡을 했다. 잠시라도 생각을 비우기 위해서였지만 잘되지 않았다. 근래의 일들이 오히려 선명하게 떠올랐다.

어머니에게서 이상함이 감지된 건 며칠 전이었다. 퇴근 후 마트에서 산 식료품을 내려놓으려니 전에 없이 엉망인 주방이 눈에 들어왔다. 더러운 그릇들과 음식물이 고스란히 노출된 개수대 위로 초파리가 윙윙거렸다. 아무렇게나 놓인 행주 빛깔도 탁한 붉은빛이었다. 평소, 지나칠 만큼 청소에 집착하던 어머니를 생각하면 의외가 아닐 수 없었다.

영이는 서둘러 주방을 정리하기 시작했다. 소리를 듣고 놀라서 나온 어머니가 변명하듯 중얼거렸다. 잠이 폭포처럼 쏟아지는 통에 당해낼 수가 있어야지. 아닌 게 아니라 볼에 베개 자국이 선명했다. 시침은 8시를 가리키고 있었다. 어머니가 평소 낮잠을 자지 않던 걸 생각하면 의아했지만 그럴 수도 있지, 생각했다. 기도를 해야 한다며 저녁까지 거르고 들어간 뒤 한 시간이 지나도록 나오지 않을 때도, 기름내가 역겹다며 그렇게 좋아하던 치킨에 손대지 않을 때도 그럴 수 있다고 생각했다. 그러나 아침 일만큼은 그냥 넘어가기가 힘들었다.

왜 유니폼을 가져오지 않니, 라는 어머니의 말을 처음엔 무심코 넘겼다. 그러나 재차 당부하는 말을 듣자 이상하다는 생각이 들었다. 유니폼 말이야. 농협도 토요일엔 문 닫잖아. 빨아야 하니까 오늘은 꼭 가져오라고. 어머니가 어색하게 미소지으며 다시 말을 걸어왔다. 그 순간 가슴이 덜컥 내려앉았다. 그간 애써 무시했던 일련의 일들이 하나로 꿰어졌다.

어머니가 요양원의 노인들처럼 변할지도 모른다는 두려움이 표창처럼 가슴을 찔렀다. 영이는 돌연 공포를 느꼈다. 자신의 손이 닿지 않는 곳으로 어머니가 떠난다는 것, 그건 관계를 회복할 기회가 영원히 사라지고 아슬하게 닿아있는 감정이 완전히 유실된다는 의미였다.

웬 한숨을 그렇게 쉬어.

갑작스러운 기척에 고개를 돌리니 어느 틈에 다가온 박이 옆에 앉고 있었다. 밴드 붙인 손가락을 뒤로 감추며 영이는 자리에서 벌떡 일어났다.

왜 일어나?

막 들어가 보려던 참이었어요.

쉬었다 해. 아직 다들 자고 있어.

영이는 어쩔 도리 없이 자리에 다시 앉았다. 오늘만큼은 그녀의 날 선 목소리를 듣고 싶지 않지만 시빗거리를 만들고 싶지도 않았다. 조금만 앉아 있다 기회를 봐서 일어날 생각이었지만 박이 한숨을 내쉬었기 때문에 영이는 그렇게 하지 못했다. 창밖을 무연히 응시하는 깊은 눈빛은 영이가 알던 박이 아닌 것 같았다.

올해는 무척 덥겠어. 93년도였나 4년도에도 무척 더워서 쓰러지는 사람들이 많았는데 꼭 그때 같아. 햇볕이 여간 사나운 게 아냐.

그러네요.

사는 게 아주 고통이야. 그래도 다 지나가겠지.

정제된 낮은 목소리. 무심코 고개를 끄덕이던 영이는 그녀를 바라보았다. 예기치 않게 눈 밑이 뜨거워졌다. 끙, 소리를 내며 그녀가 일어난 뒤 천천히 멀어졌다. 어리둥절함이 가시지 않았다. 다 지나가겠지. 다른 세상을 향한, 의미 없을 수도 있는 그 말에 작은 위로를 받은 느낌이었다.

다행히 퇴근 뒤 현관에 들어서는 영이를 보고도 어머니는 유니폼에 대해 묻지 않았다. 배고프지. 말을 건네며 희미하게 미소짓는 표정이 근래와 다르지 않았다. 단정하게 개킨 채 거실 한쪽에 놓여 있는 수건도, 거실에 떠도는 냄새도, 식탁 위에 늘 놓여 있던 일의 흔적들도 그대로였다. 저녁 식사 후 전에 없이 이웃이 가져왔다는 옥수수를 먹지 않겠냐는 어머니의 제안을 받아들인 것도, 막상 다시 마주 앉게 되자 아무 말 없이 알갱이를 떼는 그녀에게 충동적으로 나들이를 제안한 것도 그래서였다. 영이는 놀라운 표정을 감추지 못하는 그녀에게 다시 물었다.

어디 가고 싶은 곳 있으세요?

아냐. 나들이는 무슨. 너도 피곤할 텐데.

하얗게 변한 옥수수 뼈를 접시에 담으며 그녀가 손을 내저었다.

어디가 좋으세요? 수목원도 좋고, 공원도 좋고, 아니면 뭐 드시고 싶은 거라도.

어머니는 더 이상 사양하지 않았다. 겸연쩍은 표정으로 공연히 식탁 여기저기를 꾹꾹 누를 뿐이었다. 한번 생각해보세요. 영이는 자리에서 일어났다. 충동적이긴 했지만 막상 말을 꺼내고 보니 어디를 가고 싶어할지 새삼 궁금했다.

32.

정확한 위치를 못 찾을 수도 있다는 우려는 기우에 지나지 않았다. 버스에서 내린 영이는 놀라움을 감추지 못했다. 도시가 개발의 소용돌이에 휩쓸려 완전히 다른 모습으로 탈바꿈하는 사이에도 옛 동네는 박제된 듯 예전 풍경 그대로였다. 거칠게 포장된 비탈길과 편의점으로 바뀐 길목의 점방이 아니라면 흡사 30년 전으로 돌아간 것으로 착각할 정도였다.

그래서였을까. 박물관의 유물처럼 보존된 동네를 바라보노라니 묻혀있던 기억들이 일제히 발굴되기 시작했다. 그건 집을 나서기 전의 우려를 훨씬 뛰어넘는 것이었다. 신문지에 싼 부엌칼을 곁에 두고 아버지가 잠들기를 기다리며 무덤가에서 노래를 부르던 영이, 버스비를 아껴 면포를 만들기 위해 아침 일찍 비탈길을 미끄러져 내려가던 영이, 등록금 면제를 포기할 수 없어 저조한 기록의 눈총을 기꺼이 감내하던 영이, 그리고 그해 겨울의 영이가 숨죽이며 울고 있는 것 같았다. 결국 아무 대화도 나누지 못한 상태에서 어머니가 손 닿지 않는 세계로 떠날 것에 대한 두려움 때문이었을까. 나들이를 제안하는 게 아니었는데. 영이는 후회했다.

어머니는 왜 하필 이곳에 오고 싶었던 것일까. 이곳에서의 시간은 그녀에게도 상처일 터였다. 이곳에서 그녀는 늘

부대끼고 쪼들리고 시달렸다. 그런데 어떤 기억이 그녀를 이곳으로 향하게 한 걸까. 신호등의 초록 불이 들어오자 급하게 걷기 시작하는 그녀의 뒤를 따르며 영이는 마른침을 삼켰다.

길은 가파르고 높았다. 두 사람은 천천히 비탈을 올랐다. 그러나 자주 멈춰 쉬어야 했다. 이런 길을 어떻게 매일 다녔는지 새삼 의아할 지경이었다. 숨을 고른 뒤 다시 걸음을 떼던 어머니가 순간 중심을 잃고 휘청댔다. 영이는 깜짝 놀라 그녀를 잡았다. 괜찮아. 잠깐 발을 헛디뎌서…. 조심하세요. 겸연쩍어하는 어머니의 팔을 잡고 영이는 다시 걷기 시작했다.

밤사이 취기와 고성으로 소란스러웠을 낮의 산동네는 적막했다. 걸음을 내디딜 때마다 어머니의 가쁜 숨소리만 낮게 들려올 뿐이었다. 거친 호흡을 가다듬기 위해 멈춰 설 때마다 영이는 주위를 살폈다. 금방이라도 낯익은 얼굴이 튀어나올 것만 같았다. 어머니도 다르지 않았던지 반쯤 초록 대문을 바라보다 조용히 중얼거렸다. 순희네가 아직 살라나. 그때 인기척을 느낀 개가 요란하게 짖어대기 시작했다. 둘은 다시 위로 향했다. 그리고 마침내 도착한 옛집은 양철 지붕도, 시멘트가 떨어져 나간 담도, 녹슨 철 대문도 그대로 인 채 과거의 시간으로 돌아가는 관문처럼 그 자리에 서 있었다.

어머니가 미처 말릴 새도 없이 대문 쪽으로 다가갔다. 여보세요, 여보세요. 한참을 불러도 아무 대꾸가 없자 조심스럽게 문을 밀었는데 잘 열리지 않는 듯했다. 이윽고 요란한 쇳소리와 함께 사람이 겨우 들어갈 만한 틈이 생겼고 낯선 세계로 빨려가듯 순식간에 어머니가 사라졌다. 영이는 갑자기 마음이 두근거렸다. 그녀가 좀처럼 돌아오지 않던 밤, 영영 오지 않을까 두려워하던 어린 영이가 빨리 따라가 보라고 등을 밀었다. 영이는 대문 쪽으로 발을 옮겼다.

가재도구는 있는데 아무도 안 사는 거 같아.

그때 어머니가 밖으로 나오는 게 보였다. 급격히 피곤이 몰려오는 듯했다. 영이는 아쉬운 듯 주변을 살피는 어머니의 팔을 끌었다. 이제 가요. 그러지 않으려 했지만 말이 퉁명스럽게 내뱉어졌다. 영이는 서둘러 걸었다. 옛 동네를 살펴본 뒤 강이 보이는 식당에서 식사하기로 한 계획을 취소하고 집으로 돌아가리라 마음먹었다.

그때였다. 옆집 문이 열리고 등이 굽은 노인이 밖으로 나와 요란스럽게 가래침을 뱉었다. 영이는 흠칫 놀라 그 자리에 섰다. 노인이 길을 막은 채 영이를 훑어보았다. 눈빛에 낯선 외부인에 대한 못마땅함과 경계심을 가득 담은 채였다. 공연한 트집에 얼굴을 붉히고 싶지 않았던 영이는 고개를 숙였다.

도둑년들도 아니고 뭐 얻어먹을 게 있다고 남의 빈집을 얼쩡거린댜 얼쩡거리길.

아니나 다를까 노인이 상스러운 말로 시비를 걸어왔다. 그때 어머니가 뒤를 돌아보았다. 영이는 당황하여 그녀의 팔짱을 끼며 말했다. 그냥 가요. 하지만 어머니는 꼼짝도 하지 않았다.

놀란 건 영이만이 아니었다. 으레 지나가겠거니 싶었던 늙은 여자가 자기를 빤히 바라보자 노인도 당황한 듯 헛기침을 하며 뒤돌아섰다.

저, 혹시, 천 씨네 아녀요?

급하게 말을 거는 어머니를 노인이 의아해하는 눈으로 바라보았다.

맞구먼, 천 씨네. 나 영이 에미여요. 여기 옆방에 세 살던.

영이?

노인이 가늘게 눈을 떴다. 건조한 입술이 답답한지 연신 혀를 날름거리는 모습이 볼썽사나웠다. 그녀가 나온 집을 영이는 찬찬히 살펴보았다. 오래된 기억 하나가 낡은 필름처럼 희미하게 불을 밝혔다. 언제나 얼굴에 말라붙은 콧물 자국이 있던 남자애. 여자애들의 고무줄을 냅다 끊어버리거나 공연히 돌을 던져대던 짓궂었던 아이. 그렇다면 노인은 그 아이의 어머니일 터였다. 술에 취해 요란하게 귀가하는 아버지를 한심해하며 혀를 찼던 옆집 여자.

아이고 이게 누구여. 시상에나 시상에나. 오래 살다 보니 내가 영이네를 다 보네.

드디어 어머니를 알아본 노인이 요란하게 아는 체를 해왔다.

그럼 넌? 하이고 시간이 많이 흐르기는 했는갑다. 영이도 아주 많이 늙어버렸네.

어정쩡하게 고개를 숙이던 영이는 자기도 모르게 실소했다. 노인이 함부로 말을 해서 걸핏하면 동네 여자들과 말다툼을 벌이던 일이 떠올라서였다.

자자 여기서 이럴 게 아니라 집으로 들어가서 얘기하자

고.

　노인이 어머니의 손을 성급하게 끌어당겼기 때문에 영이는 급하게 말했다.

　아, 아뇨. 다른 가족들도 계실 텐데.

　있긴 누가 있어. 영감탱이도 진즉에 죽고 영재 놈도 지 마누라랑 따로 살고 나 혼자여. 아 어여 들어가자니께. 우리가 또 언제 보거써.

　아니 다른 데도 가봐야 해서…. 여기 우 씨네 좀 보러왔는데 이젠 안 사나 봐요. 짐은 그대로 있는데.

　어머니의 말에 노인이 잡고 있던 손을 뿌리치듯 놓았다. 무료한 오후를 보낼 기회를 놓친 노인의 표정이 순식간에 부루퉁해졌다.

　그 여편네 죽은 지가 원젠디. 한 십 년 됐나.

　그럼 우 씨 아저씨는?

　염쟁이?

　노인이 말을 멈추고 대문 앞에 놓인 플라스틱 의자에 걸터앉았다. 고약한 호기심이 눈에 가득했다. 난데없이 나타나 사정을 들으려 하는 연유가 무엇인지를 알아내려는 것 같았다. 그런 노인의 의도는 결과적으로 성공했다. 잠시 머뭇거리던 어머니가 대문 턱에 쪼그리고 앉았던 것이다.

이윽고 노인의 이야기가 시작되었다. 두 아들이 돈을 잘 벌어서 아파트를 샀고 상이용사였던 천 씨의 유족 연금이 쏠쏠하다는 자랑을 한참 늘어놓은 뒤에야 노인은 우 씨 이야기를 꺼냈다. 십 년 전 부인을 먼저 보내고 궁상스럽게 살다 작년 가을 풍을 맞고 반병신이 되는 바람에 결국 요양원으로 갔다고 했다. 자식들이 우 씨를 보내버리자마자 돈 욕심에 집을 내놨다는 말을 하다 심사가 뒤틀렸는지 돌연 허공에 악담을 퍼부었다.

신이 난 노인은 좀처럼 말을 그치지 않았다. 영이는 시멘트 담에 기대어 섰다. 지루했고 피곤했다. 바람 한 점 지나가지 않은 탓에 끈적해진 몸이 가려웠고 목이 말랐다. 도대체 왜 이곳에서 얼굴도 잘 기억나지 않는 사람들의 인생사를 들어야 하는지 이해가 되지 않았다. 더 이상 참기 어려워진 영이는 어머니를 부르고 가자는 시늉을 했다.

시종 고개를 주억거리던 어머니가 주저하며 이제까지 하지 못했던 말을 꺼낸 건 바로 그때였다.

저, 혹시 영이 아부지 소식은 못 들었죠?

어머니가 궁금해하는 게 무엇인지를 알게 된 영이는 그

자리에 섰다. 피투성이가 된 뒤에야 끊어진 인연. 불운한 시간들을 간단없이 환기시키는. 절대로 아물지 않는 상처. 부모가 사라진 뒤 공포영화를 보는 심정으로 다큐프로그램을 보던 지난 날들, 길거리의 부랑자들, 고독사, 사이비 종교에 빠진 맹신도들 기사가 날 때마다 온몸을 강타하던 통증.

그이가 아직도 살아 있어? 이 동네 주정뱅이들은 버얼써 다 갔는데. 명줄이 쏠찬히 기네.

말을 하고 보니 아차 싶었던지 노인이 입을 다물었다.

근데 왜 여기서 영이 아버질 찾아?

그러나 뒤이은 호기심을 물리칠 수는 없던 모양이었다.

영이는 걷기 시작했다. 아니 옛날 얘길 하기에 와 봤나 해서…. 어머니의 서툰 변명은 통하지 않았다. 아니 자세히 좀 얘기해보더라고, 대체 워치케 된 일이랴. 어머니가 서둘러 인사를 하는 중에도 노인은 사정을 캐물었고 길 끝에 이르러서야 겨우 멈췄다.

영이는 터미널로 향했고 버스표를 산 뒤 근처 분식집으로 들어갔다. 김밥 두 줄을 시켰으나 반도 채 먹지 못했다. 한 시간 뒤 출발 시간이 되자 두 사람은 버스에 올라탔다. 허겁지겁 집으로 돌아왔고 각자의 방으로 들어갔다.

33.

영이는 평소와 같은 시간에 출근했다. 퇴근 후에는 어머니와 드문드문 대화를 이어나가며 적막한 식사를 했다. 주방을 정리한 뒤 잠시 식탁 의자에 앉았다. 늘 그렇듯 소파에 정물처럼 앉아 있던 어머니가 중얼거렸다. 요즘이 땅콩 철인가 보네. 작업 의자에 앉아 각자 캔 땅콩을 자랑하는 촌부 모녀의 유쾌한 웃음소리가 거실에 울려 퍼졌다. 그러네요. 영이도 물끄러미 화면을 바라보았다. 두 분이 꼭 친구같아요, 그런 소리 많이 들으시죠. 리포터의 너스레에 늙은 여자가 푸념을 늘어놓았다. 친구가 아니라 상전이야. 아주 에미를 이겨 먹는다니까. 티격태격하는 모녀의 모습이 멀어지고 카메라가 다시 해산물이 가득한 시장을 비추자 어머니가 허리를 펴며 일어났다. 어색한 공기를 환기할 말을 찾느라 고민하던 영이도 일어났다. 비스듬하게 앉아 있던 탓에 뻐근해진 허리를 두어 번 두드린 뒤 물을 마셨다. 어머니가 리모컨을 집는 것을 보며 식탁 의자를 밀었다.

시간은 8시를 지나고 있었다. 영이는 전등을 끈 뒤 핸드폰을 들었다. 쏟아지는 청색광에 급하게 화면을 조정한 뒤 유튜브를 켜자 알고리즘을 타고 들어온 영상들이 좁은 화면에 가득 찼다. 남보다 어색한 모녀 사이, 엄마와 딸의 내면, 지낼수록 불편한 관계 어찌해야 하나요. 무심히 화면을 올리다 영이는 핸드폰을 내려놓았다. 더 앉아 있어야 했는데, 늘 그렇듯 짧은 후회가 들었다.

다음 날 식탁에 앉은 영이는 고개를 갸웃댔다. 미역국은 그렇다 하더라도 시금치와 당근, 고기가 조화롭게 어우러진 잡채는 특별한 날에나 어울릴 만한 것들이었다.

웬 잡채예요?

옆집에서 가져왔어. 아들 생일이라 했다고.

아 네.

영이는 쓴웃음을 지었다. 두 볼이 화끈거리는 듯했다. 그때 핸드폰에서 연달아 메시지가 울렸다. 자주 물건을 주문하는 쇼핑몰과 안경점에서 온 생일 축하 메시지였다. 맛있겠네요. 계면쩍은 마음을 감추기 위해 영이는 잡채를 집었다. 잡채는 지나치게 달고 짜서 저절로 미간을 찌푸리게 했다. 음식물을 간신히 넘긴 뒤 영이는 다시 미역국을 펐다. 그러나 결국 화장실로 달려가 입의 것들을 뱉어야 했다.

왜? 뭐가 있었어?

맛이 좀 이상하네요. 어머니도 드시지 마세요.

간이 안 맞아? 어째 간이 너무 싱거워서 내가 손보긴 했는데 더 해야 했나?

어머니가 당황하며 국물 맛을 보았다. 잠깐 고개를 갸웃거린다 싶더니 이내 그릇을 입에 가져다 댔다. 드시지 말라니까요. 갑작스러운 행동에 놀란 영이는 서둘러 잔에 물을 따랐다.

간을 조금 더 할 걸 그랬나, 너무 짜면 못 먹을까 봐 그랬더니.

뜻밖의 말에 영이는 말문이 막혔다. 다시 잡채를 맛보려는 어머니를 만류한 뒤 서둘러 식탁을 치웠다. 싱크대 한쪽으로 확연히 양이 줄어든 간장통이 보였다. 툭, 위태롭게 매달려 있던 추 하나가 떨어지는 듯 가슴이 두근거렸다. 불안의 싹을 감추며 영이는 짐짓 태연히 말했다.

당분간은 제가 저녁 준비할게요. 연세도 있으신데 힘드실 테니….

실제로도 영이는 그렇게 생각하려 했다. 힘들면 그럴 수 있다고, 그러니까 괜찮아질 거라고. 자기도 피곤하면 자극적인 음식을 찾지 않는가. 베트남 고추가 잔뜩 들어간 떡볶이나 케이크를 퍼먹고 난 뒤에 정신없이 물을 마셔대지 않앉는가. 어머니도 요즘 들어 부쩍 물을 마시는 횟수가 늘지 않았는가. 그렇게 생각하자 정말 그런 것 같았다.

몇 번의 사양에도 뜻을 굽히지 않자 어머니는 하는 수 없이 제안을 받아들였다. 다행히 식탁에 올라온 짠맛이나 단맛이 빠진 음식에도 별다른 반응을 보이지 않았다. 끼니를 거르지도 않았고 식사량도 변하지 않았다. 그러나 며칠 뒤 하염없이 음식물을 씹고 있는 어머니의 무감한 표정을 본 영이는 거부할 수 없는 순간이 왔다는 걸 직감할 수밖에 없었고 무슨 생각을 그렇게 하세요, 영이가 물은 뒤에야 서둘러 음식물을 삼켰으나 잘 넘어가지 않는 듯 괴로워하는 모습을 망연한 심정으로 지켜보았다. 그리고 그날 영이는 차마 마주치고 싶지 않은 광경과 맞닥뜨려야 했다. 부실한 식사가 마음에 걸려 어머니 방을 두드렸지만 문이 잠겨 있었다. 계속되는 노크에도 기척이 느껴지지 않자 나쁜 예감이 몰려왔고 전력 질주를 한 듯 숨이 가빠졌다.

방문이 열린 건 열쇠를 찾기 위해 막 뒤돌아섰을 때였다. 돌연 문이 열리고 어머니가 입술을 핥으며 모습을 드러냈다. 어두운 방 한쪽으로 뚜껑이 열린 고추장 통이 보였다. 거스를 수 없는 해일이 덮쳐왔음을 영이는 직감했다.

둑은 일시에 터졌고 새로운 증상이 거친 물살처럼 쏟아졌다. 어머니는 과거와 더 먼 과거의 경계를 무람없이 드나들었다. 구원을 받아야 한다며 성전으로 떠날 준비를 했고, 장사할 물건이 보이지 않는다며 집안을 뒤집어 놓다가도 어느 순간 거실에 앉아 빨래를 개거나 텔레비전을 보았다.

병원에 다니면서 잠깐 찾은 희망도 오래가지 못했다. 나아지는 듯싶던 증상이 원점으로 되돌아갔고 현기증 때문에 문이나 모서리에 부딪치는 일이 잦아졌다. 미각마저 사라져 시장기를 느끼지 못해 끼니를 거르는 일이 빈번해지면서 가뜩이나 말랐던 몸이 오이지처럼 쪼그라졌다.

더 이상 약을 드시면 안 될 것 같네요.

알츠하이머를 원천적으로 치료할 수는 없습니다. 처방을 하는 건 진행을 좀 더디게 하기 위해서인데, 보호자도 아시다시피 환자가 너무 쇠약해서…. 부작용을 감수하면서까지 약을 복용할 이유가 없습니다. 앞으로 점점 더 인지능력이 떨어지실 테니 각오를 좀 하셔야 할 것 같네요.

의사가 투약 중단을 선언한 건 체중계에 38이라는 숫자가 뜬 날이었다. 진료실에서 나온 뒤에도 영이는 한동안 걸음을 떼지 못했다. 고작 10분 거리의 집이 닿을 수 없는 섬처럼 까마득하게 느껴졌다. 간신히 집에 도착했을 때는 긴 여행자처럼 피곤에 지친 상태였다. 영이는 쓰러지듯 침대에 누웠다.

깜빡 잠이 들었나 보았다. 몸에 와닿는 조심스럽고 부드러운 손길에 영이는 몸을 뒤척였다. 영이야, 밥 먹자. 다정하고 온화한 목소리가 먼 곳으로부터 들려왔다. 언뜻 고기를 넣은 김치찌개 냄새가 나는 것도 같았다. 기분 좋은 꿈이었다. 영이는 눈을 떴다. 밥그릇을 식탁에 놓는 어머니의 모습이 눈에 들어왔다.

일어났어? 어서 와서 앉아.

어리둥절해진 영이는 소담스럽게 차려진 오이무침과 숙주나물, 김치찌개를 보았다.

어서 먹자.

어머니가 찌개의 두부를 건지며 말했다. 영이도 숟가락으로 찌개를 뜬 뒤 입에 넣었다. 기분 좋은 짭짤함이 혀끝에 감돌았다.

많이 먹어.

영이는 숟가락에 고기를 얹어주려 하는 어머니에게 물었다.

알고 계셨어요?

뭘?

제가 돼지고기 김치찌개 좋아한다는 거.

그랬어? 다행이네. 많이 먹어.

어머니가 배시시 웃었다. 영이는 젓가락으로 고기를 건져 베어 물었다. 육즙이 부드러웠다. 기다렸다는 듯 눈시울이 뜨거워졌다.

운동은 잘하고 있지? 등록금이 면제된다니 얼마나 다행인지.

네.

영이는 큼큼 헛기침을 했다. 그렇게 하지 않으면 목 끝까지 차오른 눈물이 일시에 쏟아질 것 같았다. 어디에선가 술에 취한 남자의 고함 소리가 희미하게 들려왔다. 어머니가 서둘러 일어나 밖을 내다보다 이내 앉았다.

왜요?

아버진가 했는데 아니네.

아버지요?

응. 일찍 들어와야 할 텐데.

오겠죠. 얼른 식사나 하세요.

그래 먹자.

영이는 숙주나물을 입에 넣었다. 참기름 냄새가 고소했다.

34.

효요양원에서 전화가 온 건 정류장에서 센터 버스를 기다리고 있을 때였다. 휴대전화 창에 뜬 번호를 보자 면접 보러 가던 날이 저절로 떠올랐다.

길이 조금 험하다는 안내를 감안하더라도 요양원으로 가는 길은 지나치게 좁고 거칠었다. 새로 닦았는지 택시의 내비게이션도 오작동을 일으키는 바람에 몇 번이나 헤맨 뒤에야 겨우 찾을 수 있었다. 거 누가 만들었는지 길 한번 더럽게 닦아놨네. 이게 어디 요양원 가는 길이에요, 감옥가는 길이지. 자꾸만 유리창을 때리는 나뭇가지들을 신경질적으로 바라보며 끊임없이 툴툴대던 기사는 요금을 두 배로 지불하겠다는 말을 들은 뒤에야 입을 다물었다. 집에서 30킬로도 채 안 되는 거리였지만 출발한 지 한 시간을 훌쩍 넘긴 뒤에야 요양원에 도착할 수 있었다.

사무장이라고 신분을 밝힌 남자는 늦게 연락해서 미안하다고 한 뒤 뜻밖의 제안을 했다. 어머니의 동반 입소를 허락하되, 당분간은 계약직으로 일할 수 있겠느냐고. 아무래도 어머니가 마음에 걸려 일하는 걸 본 뒤에야 정식 채용을 고민해보겠다는 것이었다. 의외의 제안에 영이는 잠시 머뭇거렸다. 가뜩이나 근무 조건이며 환경이 열악한 터에 계약직으로 일하게 되면 자칫 시간제보다 못할 가능성이 컸다. 그러나 다른 선택지가 없었다. 주간보호센터에서 어머니는 음식을 거부하고 자꾸 현관을 빠져나가려 해서 요양사들을 피곤하게 했다. 어머니의 상태가 집중적인 시설에서 보호하는 게 안전할 것 같다며 난감해하는 센터장의 말을 더 이상 외면하기가 힘들었던 영이는 요양원을 알아보기로 했다. 영이는 동반입소를 결정했다. 이런저런 사정을 고려한 것이었지만 그러한 결정을 가장 이해할 수 없는 건 사실 영이 자신이었다.

네 알겠어요. 그럼 뭘 준비하면 되죠.

망설임을 눈치챈 남자가 한번 생각해보라며 전화를 끊으려 했기 때문에 영이는 서둘러 대답했다. 실업급여가 끝난 지 몇 개월째였고, 취직과 어머니 입소를 동시에 해결할 수 있는 곳을 찾기도 쉽지 않은 탓이었다. 담당자들은 긍정적으로 대하다가도 어머니 입소 이야기를 꺼내면 번번이 난색을 표했다. 효요양원도 마찬가지였다. 호의적이던 원장은 영이가 사정을 이야기하자 조금 생각해보겠다며 돌연 태도를 바꾸었다. 갑자기 여사 한 분이 그만두는 바람에 정신이 없다면서도 이제야 연락을 한 건 그만큼 꺼려졌다는 뜻일 터였다.

채용과 입소에 필요한 서류를 이메일로 보내겠다며 남자는 자기들로서는 쉽지 않은 결정이었다고 생색을 냈다. 감사하다는 영이의 인사를 듣고 난 뒤에야 좋은 인연을 만들어가자고 너스레를 떨었다.

전화를 끊자 신호등이 바뀌고 정지선에 막혀 있던 차들이 움직이는 게 눈에 들어왔다. 영이는 정류장 쪽으로 다가갔다. 버스가 사람들을 내려주고 떠나자 대기하고 있던 센터 버스가 뒤이어 섰다. 차 문이 열리자 앞 좌석에 앉아 내릴 준비를 하는 어머니가 보였다. 영이는 앞으로 다가가 손을 내밀었다. 어머니의 표정에 잠시 난처함이 스쳐갔다. 또 이러신다, 어르신 괜찮아요. 어머니는 요양사가 다정하게 달래며 어깨를 잡아준 뒤에야 마지못해 손을 내밀었다.

그러나 버스에서 내리자마자 이내 영이의 손을 뿌리친 뒤 붙박인 듯 그 자리에서 움직이지 않았다. 버스가 모퉁이를 돌아 사라진 뒤에는 불안한 눈으로 주위를 살폈는데 다가가는 영이에게 경계심을 드러내기까지 했다. 의자에 앉아 버스를 기다리던 중학생 몇이 그 모습을 보며 킥킥거렸다.

얼마나 지났을까 이윽고 어머니가 움직이기 시작했다. 역시나 집 반대 방향으로였다. 영이는 뒤를 따랐다. 억지로 데리고 간 뒤 어느 틈에 사라진 어머니를 찾아 헤매느니 차라리 지치기를 기다리는 게 낫다는 걸 체득한 탓이었다. 어머니는 늘 그랬듯 지칠 때까지 걷다 다리에 통증이 느껴지면 하는 수 없이 영이를 따라나설 것이었다.

그때였다. 어머니가 돌연 빠르게 걷기 시작했다. 당장이라도 넘어질 듯 아슬아슬한 걸음걸이로였다. 횡단보도의 초록색 등이 명멸하기 시작했고 사람들이 그 곁을 지났다. 어머니. 성질 급한 차 한 대가 위태롭게 어머니를 스치는 순간 영이는 다급하게 소리쳤다. 어머니. 어머니가 잠깐 멈춰 뒤를 돌아보았다. 그러나 영문을 모르겠다는 듯 고개를 갸웃거리더니 다시 길 건너를 향해 움직였다. 영이는 서둘러 걸었다.

그러나 왜인지 좀처럼 가까워지지 않았다.

추천의 글

『영이의 고독』은 누군가는 금세 잊어버릴 상처가 어떤 이에게는 평생의 이름이 된다는 것을 보여준다.
양선미는 어디에나 있을 법한, 평범한 이름 '영이'를 통해 아무도 주목하지 않고 기록되지 않을 삶 하나를 붙잡아둔다.
사소해 보이는 폭력과 외면의 순간들에서 눈을 돌리지 않는다.
작고 흔들리는 마음이 어떻게 세계와 부딪히며, 끝내 스스로의 시간을 만들어내는지, 양선미는 조용하게 응시한다. 그래서 아무도 모르게 고독을 붙잡아둔 영이의 그 시간을, 누구에게도 닿지 못한 마음을 스스로 품고 버텨낸 그 시간을, 목소리를 높이지 않고 누구도 구원하지 않았지만 작게, 조용히 이어져 왔을 하루하루를, 우리에게 보여준다.
소설을 다 읽고 난 뒤 나는 내 곁을 스쳐간 수많은 '영이들'을 떠올렸다. 잊혀질 뻔한 이야기들이 그렇게 되살아났고, 책을 덮은 뒤에도 내 안에서 한참 더 이어졌다.
소설이 좀더 길게 이어지기를, 좀더 읽을 수 있기를 바란 소설은, 오랜만이었다.

_ 하성란(소설가)

아무 일도 일어나지 않은 날은 기억에서 사라진다. 조용한 아이는 눈에 띄지 않고, 말이 없는 사람은 마음을 들키지 않는다. 양선미의 소설이 고집스럽고 끈질기게 파고드는 것은 바로 그 지점이다. 불통 속에 불우한 고독의 시간. 하지만 상처 속에서도 살아내고 성장하는 영이를 흔들림 없이 응시하며, 양선미는 잔잔하지만 단단한 문장으로 증명한다. 작고 무명한 삶일지언정 그 고유의 존엄만큼은 비교하거나 대체될 수 없음을.

_ 김별아(소설가)

영이는 0처럼 자신을 내세우지 않고 동그랗게 서 있는 사람이다. 폭력을 공격으로 받아치지 못하지만, 그렇다고 무너지지 않는다. 영이의 고요한 일상은 때로 수도자의 구도와 닮아있다. 악한 사람은 흔하고 선한 사람은 만나기 어려워진 세상 속에서, 그녀의 존재는 높고 귀하게 느껴지기까지 한다.
선량한 사람의 고독한 생(生)이 과장 없이 소설이 될 수 있다는 사실을 나는 『영이의 고독』을 통해 알게 되었다.

_ 오현종(소설가)